百姓认一个死理：吃猪肝能补血、增元气。特别是像我这样从饥饿时代走来的人，对此感受深刻。殊不知现在猪肝面临着为人们弃之不用的境况。

猪肝演义

我对猪肝一直怀有一种崇敬的心情。在猪的内脏中，猪肝似乎最富营养。旧时在民间，人生病后或女人产后，总是吃猪肝做成的各类菜肴或汤羹以滋补身体。百姓认一个死理：吃猪肝能补血、增元气。特别是像我这样从饥饿时代走来的人，对此感受深刻。殊不知现在猪肝面临着为人们弃之不用的境况。

以前在苏州家常菜中，时不时有炒猪肝等菜上桌，即便在饭店酒家中，各类猪肝菜肴也层出不穷。猪肝最简单的做法是青椒炒猪肝：急火猛炒，成品“光彩照人”，鲜香扑鼻。猪肝好吃，除其鲜美的口味外，那带着颗粒感的肉质尤为可口，像细小虾子在舌尖上轻轻抚慰着味蕾，给人一种难以描绘的舒适感。用猪肝做成的汤菜十分受欢迎，其中粉皮与猪肝相结合的粉皮猪肝汤堪称经典。烹煮这道菜时，油不宜下得过多，要让粉皮与猪肝在高汤中相互依存，并在高汤表面点缀一棵碧绿菠菜。这道菜粉皮细滑软糯，猪肝鲜嫩，汤味迷人。

而今吃猪肝已成为一种奢望。我时不时想吃猪肝，有时去菜场的肉摊，看着那块块猪肝，想买又不敢买——近期不少媒体相继报道猪肝中残留有“瘦肉精”“抗生素”，还有不少毒素，建议消费者少食为妙。有一次我忍不住前往肉摊，指着猪肝刚张口要买，一位大姐匆匆赶来，指着我相中的那块猪肝要买。我想，她如此火急火燎，就让她先买吧，随口问了一句：“你这买去怎么吃？”这位大姐没有正眼看我，瞟了我一眼说：“现在还有人吃猪肝！这是给我‘孙子’吃的。”说完提着猪肝一溜烟走了。我正“丈二和尚摸不着头脑”时，摊主说：“她说的‘孙子’就是她养的一条宠物狗，她经常来买猪肝给她狗狗吃。”我惊叹如今猪肝竟沦落到如此地步，想吃猪肝的欲望顿时烟消云散了。

猪肝在人们的记忆中一直是营养食品。医学养生常识也告诉人们，猪肝是非常好的补充人体铁、钙、磷、维生素A的食物。只要烹饪方法正确，猪肝还是可以吃的。以我的经验，猪肝的清洗十分重要，猪肝切片后先得在活水中冲洗，直至变色，另用一碗淡盐水，把冲洗好的猪肝放入其中浸半小时，这样有利于猪肝内不洁血水渗出；炒猪肝时火要大，油要热，要快速急炒，直至猪肝成熟，以颜色呈褐色为好，如此，猪肝方滑嫩可口。当下风行的猪肝菜肴有猪肝泥，把猪肝剁成泥状，加入调料上笼蒸熟即成；家常有猪肝汤、洋葱炒猪肝、大蒜炒猪肝等。在这些猪肝菜肴中有一款我常吃常备的，即“卤猪肝”，它既安全，又有猪肝本味。买回的猪肝冲洗干净，去筋酱鸭烧制前须腌渍，成品以咸鲜收口，鲜劲十足；卤鸭用当年新肥鸭，烧制成品后，鸭肉鲜嫩，甜味略重，鲜美难言。吃对路子，才能在岁月里守望那些美食。

识鸭：酱鸭与卤鸭

苏州素有东方水城之称，城内河道纵横，城外湖泊众多，湿地、滩涂等星罗棋布。在这里饲养出的禽类品种多样，尤以太湖的麻鸭最为出名，其肉质紧实、肥瘦适中、鲜洁度高，一直是苏州人喜欢的吃食品种。历史上，唐代诗人陆龟蒙曾在苏州甪直养鸭、逗鸭、烹鸭，他亲手制作的名菜“甫里鸭羹”流传至今。清代乾隆帝下江南时，每餐都离不开苏州的鸭子。大厨经历代传承、创新，制出的鸭肴菜馔不计其数，流传最广的两款经典鸭肴，即酱鸭与卤鸭。

在吴地，酱鸭与卤鸭的外形和色泽区别不大，如同“孪生兄弟”，此两菜均采用太湖麻鸭制作，用红曲粉烹制，故而均是色泽红艳，不是老吃客真难辨出哪种是酱鸭，哪种是卤鸭。酱鸭与卤鸭一般都是做成冷菜上桌，宴会上也作为前菜上桌，另还可用作苏式汤面的面浇头，如酱鸭面及卤鸭面，都是面中经典。苏州酱鸭一年四季供应；卤鸭则是时令品种，采用当年新鸭，仅在一年中的立夏到中秋这段时间供应，时令性特别强。

酱鸭为吴地传统卤菜品种，一般选用太湖麻鸭制作，但有一个绕不过的环节——必须先用盐腌渍一至两天，然后焯水，入老汤中烹制，加入香料、红曲粉、冰糖等，另还须加入带皮猪肥膘旺火烧沸，再改用文火焖烧至鸭肉八成酥烂，装盆时加浇卤汁。此时的酱鸭色泽枣红，鲜肥酥嫩，咸中带甜，香透入味，咬上一口，回味无穷。各地酱鸭在烹制上各有不同，因而在色泽上各有所长，如浙江等地酱鸭呈酱褐色，但在一个环节上如出一辙——都要事先腌渍一段时间，有的地方入酱油浸渍，有的地方入酱缸浸渍。不同的腌制方法，都是为了使鸭肉紧实，增加鸭肉的鲜劲。苏州人喜欢酱鸭那红艳艳的色泽、五香香气及鲜嫩口味。苏州各大饭店、酒家都有自己制作酱鸭的看家本领，各具特色，尤以创始于清初的陆稿荐所制的酱鸭最为有名。

卤鸭一般都选用当年新肥鸭来制作。将鸭子宰杀、治净，入水煮沸焯过，再入锅，投入带皮猪肥膘，红曲粉、冰糖、桂皮、茴香、葱、姜、盐等调料，煮沸后加酒，压盆加盖，烧一段时间，改用文火焖烧至鸭肉八成烂即取出，冷透改刀再装盆。卤鸭另有一个重要环节，即装盆后要浇上卤汁，使鸭肉晶莹剔透、鲜味十足。其卤汁制作方法为将烧鸭余卤用绢网筛滤杂质，倒入锅中略加酱油及白糖，加水淀粉搅匀，冷透后加入麻油搅匀。卤鸭色泽枣红，鸭肉鲜香可口，甜味突出，收口咸鲜，因使用当年新鲜肥鸭，鸭肉尤为嫩鲜。若用此鸭制成浇头，即著名的卤鸭面。百年老店松鹤楼的卤鸭面尤为出名。

珀……以烂到不见锋棱，上口精肉俱化为妙。”另有“白煨肉”“油灼肉”“糟肉”“暴腌肉”等多达几十种制法，可见食猪肉在历史上早已成常态。清顾禄在《桐桥倚棹录》中曾记“红炖肉”，其做法是把猪肉打块后先烧后炖。在他的著作中，另有三十多款有关肉的菜肴，可见清中期苏州餐饮史上肉类菜肴占有一定份额，也反映了那时苏州的菜馆、酒家肉肴供应量之大。在吴地品吃猪肉菜肴，经常会见到焖肉、酱肉。虽然都由猪肉制成，但两种肉肴制作方式不同，味道不同，各有所长，因而“身份”也就不同。焖肉多出现在面馆、小食店，酱肉多出现在野味店、卤菜店、酒家。

制作焖肉，要选用五花肉，洗刮净，焯水，以酱油、盐、糖、葱、姜为调料，先煮沸，再用文火长时间焖烧，成品呈象牙色，咸淡适中，酥烂脱骨，入口即化，肉香中还有着葱姜香气。焖肉冷却后切成块形可作为面浇，此面称“焖肉大面”，在苏城为常备名点，且大受欢迎。其中，朱鸿兴的焖肉面因风味独特，尤其为人称道，夏季供应的白汤“枫镇大面”更是风靡苏城，经久不衰。而菜馆、酒家，还常用焖肉做成焖肉菜心、焖肉豆腐等，这些菜肴都是苏帮菜中的经典之作。

制作酱肉，须先将肉用盐腌制，烧烹时必须用茴香、桂皮等多种香料，先煮后焖，成品打块上桌。吃时肉香四溢，其肉入口而化，坊间常称“五香酱肉”。苏城著名卤菜店陆稿荐的看家品种即五香酱肉，质量上乘，受人欢迎。在商业部颁布的部优产品中，陆稿荐的五香酱肉就榜上有名。旧时此肉在卤菜店卖时常用干荷叶包装，苏州人常说的“买摊酱肉吃吃”就出于此。那时也有一些小贩提篮沿街叫卖。苏州人常用酱肉拌饭，碗底放入一些酱肉，上面盛上刚出锅的白饭一拌，顿时肉香扑鼻，肉油滋润米饭，米粒显得油光亮亮的，而酱肉的咸鲜与白饭配在一起，咸淡相宜，使人食欲大开，饭也会多吃一碗。酱肉可热吃，也可作为冷菜佐酒，热菜冷菜都是佳品。在苏州其他一些地方，亦有把肉腌后浸入酱油中制出酱肉的，这种酱肉烧煮、清蒸，其味都堪称一流。

在苏州，一块肉有很多不同烧法，吃口也各不相同，作为苏州人，须弄清这些看似简单又经常要碰到的食物，“吃货”们更应吃得心中有数，明白啥叫焖肉，啥叫酱肉，免得讲错被人背后说：“只会吃，说得瞎七搭八。”

爆鱼制作中没有烟熏这一环节，这是有别于熏鱼之处。现时人们制作熏鱼的过程中亦省略熏制环节，究其原因，一说是熏鱼制作环节复杂漫长，另一说是烟熏制品不利于健康。由此也造成目今熏鱼与爆鱼制法趋同……但作为苏州食客，我们心中须明白吃食中的这些区别。

读鱼：熏鱼与爆鱼

苏州地处太湖之滨，长江以南，东北面又临东海，就其水产品来说，集湖、江、海之优势，湖鲜、江鲜、海鲜四季不断，层出不穷，尤其是太湖湖鲜应时应季而出，各类鱼腥虾蟹不计其数，品质优良，为各大餐馆提供了大量的优质食材。历史上留存下多道苏州名馔，如炙鱼、吴羹、莼鲈之思、玲珑牡丹鱼等，均以鱼为主料烧制而成。故而，历史上一直传颂着“吴人善治鱼”“吴人喜食鱼”的佳话。

苏州本身为水乡泽国，古时这一带属吴国，苏州话“吴”与“鱼”发音相同，可见鱼与苏州人的生活有着紧密的联系。在苏州吃鱼也讲究时令，对应着月份：一月塘鳢鱼，糟熘塘片是著名的菜肴；二月鳜鱼，可清蒸、可制汤，松鼠鳜鱼最为著名；三月甲鱼，称“菜花甲鱼”，以干蒸为最佳，菜肴“霸王别姬”最为著名；四月鲥鱼，有名馔清蒸鲥鱼；五月白鱼，可配虾子清蒸、红烧；六月鳊鱼，干烧为最理想；七月鳗鱼，有著名的黄焖河鳗；八月鲃鱼，鲃肺汤乃苏州经典菜肴；九月鲫鱼，葱烤鲫鱼，味鲜至上；十月草鱼，制成爆鱼，最受欢迎；十一月鲢鱼，制鱼头汤，味美难言；十二月鲭鱼，糟鲭鱼烧、氽均佳，透味熏鱼一菜最为著名。总之，鱼在苏州美食中占有重要地位，甚至可说："苏州食史自鱼开始。"

鱼的烹调方法众多，就经典的做法而言，有红烧、清蒸、腌制、风干、油氽等，还可制汤、制羹、干煸……熏鱼与爆鱼制法相似却有不同。现时不少食客把熏鱼与爆鱼混为一谈，认为熏鱼即爆鱼，爆鱼即熏鱼。其实熏鱼在吴地是一款著名菜肴，一般用鲭鱼作为原料。熏鱼已有几百年制作历史，清代以后熏鱼多在野味店、茶食店和饭摊上出售，几度风靡苏城。旧时，大户人家的家厨均会制作此鱼，且都有流传下来的制作秘籍，也有人家根据自己的口味等要求在茶食糖果店里私人订制。苏州稻香村制作的透味熏鱼最为著名。

熏鱼的制作方法是取用鲭鱼治净、出条、打片，在调料中浸渍两小时后入油锅氽至八九成熟，待颜色微黄，捞出放在事先准备好的铁丝罩上，垫以茶叶，用糖覆盖，用火熏之。《调鼎集》中记载"熏青鱼"的做法："切块，酱油浸半日，油炸取起，略冷涂麻油，架铁筛上，燃柏枝熏。"不管古法，还是今做，熏鱼做法要点均在一个"熏"字上，故而出品的熏鱼才会色泽深黄，焦香扑鼻，鱼肉肥嫩，甜咸适中，风味独特。熏鱼一般在酒家、菜馆中以冷菜形式出现，用以调节人的胃口、引导食欲。

爆鱼与熏鱼的制法有相似之处。用鲭鱼或草鱼治净、出条、打片，在调料中浸渍两小时后，入油锅爆熟，再放入事先调制的卤汁中

品。干蹄筋须要涨发，才能用于烹调。涨发大致有三种方法：一是水发蹄筋，浸泡、焖煮，反复多次；二是油发蹄筋，直接放入油锅中炸至酥松；三是盐发，此方法时间长、涨发率低。总结经验后，人们多采用半油发办法来处理干蹄筋：在冷油锅中加入蹄筋，待蹄筋在油锅中起泡即捞出，放入水中，改用文火焖烧，直至发透。酒家、菜馆中似乎都用半油发蹄筋来做成各种菜品，如细露蹄筋、蟹粉蹄筋、虾子蹄筋、虾仁蹄筋、三丝蹄筋，等等。

猪蹄筋含有丰富的胶原蛋白，能加快细胞代谢的速度，使皮肤延缓衰老，更具有强筋壮骨之功效。苏州人尤其喜欢吃蹄筋，乃至到了偏爱的程度。传统的苏帮菜里，蹄筋类菜肴总是不断出现在餐桌上。旧时苏州人家操办喜事，在菜肴中总有款蹄筋菜，如三丝蹄筋、细露蹄筋，配合节气的有笋筋、茭白蹄筋等。蹄筋经半油发后呈酥松状，能吸附各种配料的滋味，而且成菜总是“满满当当”，品相又佳。就拿细露蹄筋来说，蹄筋发好后去衣膜洗净，改刀成段，在沸水中过一下，旺火热锅加猪油，倒入蹄筋及配菜、调料，加适量高汤烧开，转小火烧数分钟后转旺火勾芡，浇上麻油，装盆。此时的细露蹄筋，色如白玉，软糯鲜香，沾五色“露珠”，令食客回味无穷。

烹制此菜有几个小诀窍，一是蹄筋涨发须适度，以使蹄筋软韧酥松为宜；二是烹制时必须使用蹄筋的“同道兄弟”猪油，用它增肥、增香、增亮；三是出锅前勾芡须严控火候及着芡分量，芡汁要恰到好处——薄薄一层，使包裹在蹄筋上的五色细露呈透明状。出品装盆前还要淋上些香油，使之呈现出色、香、味、形俱佳的状态。一道好的细露蹄筋，要求整盆菜肴吃完时，盆中不留半点汤汁、油水，掌握此烹调方法的大厨也须有多年的“实战”经验积累，才能运用自如。旧时，在苏州餐饮业中烧制此类菜肴最好的一位师傅是松鹤楼菜馆中的头煤炉师傅朱培兴。朱培兴师傅在煤炉师傅中是身材最矮小的一个，仅高出那时灶台一个头多点。朱师傅在烹饪时十分严谨，他出品的菜，一件即一品，口味、色泽都无可挑剔。有时店中生意好，客人催他，但他似乎总是悠着性子，火候不到绝不出品，即便旁边有人叫喊，他也置若罔闻。凡是从他手中出品的菜肴，总是充满着地道苏州味。他是一直被老苏州食家惦记的大厨。

钱国盛先生曾写《周瘦鹃点菜》一文，朱师傅就是文中章师傅的原型，文中说道：一个初秋傍晚，周瘦鹃、范烟桥等八位作家相约去松鹤楼聚吃，周瘦鹃开出一张菜单：细露蹄筋、蟹黄扒翅等清一色苏州时令佳肴。周瘦鹃询问接待服务员，今晚你们头煤炉在不在呀？服务员称：“周先生，章师傅下午开会去了，还没有回店呢！”周瘦鹃细声细气地对服务员说：“烦你转告一声，待章师傅一到即下锅，我们等他上手。”周瘦鹃一行整整等了近一个小时，章师傅回店后立即替他们烧菜。那一晚周瘦鹃与他的这些作家朋友吃得心满意足。同样一道菜，厨师手艺高明，口味就正宗。后来有人谈论说：周先生点菜是假，点厨师是真。

猪蹄筋在食材中虽不算高档品种，加工工艺却很复杂，环节又多，又要掌握要领，以致现在餐饮市场上供应此类菜肴的商店越来越少，但苏州老吃客们一直忘不了此类佳肴。纵然社会发展、经济繁荣、物质丰富，那些前辈留给我们的名馔也不能丢呀！要知道那些菜肴，有着苏帮菜的特色风味，安然于时光里，在岁月中成永恒。

红鱼跳绿萍

在苏州众多菱角中，水红菱一直深受百姓推崇，那红艳艳的果实、绿色的茎端十分惹人喜爱……在水乡太湖，秋季采菱是一件盛事，采菱不用船，而用木制浴盆。有诗句『凌波乘浴盘，镜花照依面』描写采菱村姑，又有『秋风河上起，一片采菱歌』描绘吴地采菱景象。

艳艳水红菱

中秋前后，在古城苏州的市场上、街边、桥下都有一些摊点出售水红菱，有时还有走街串巷的小贩提篮叫卖水红菱。苏州郊外、太湖边的东山、西山一带，均为水红菱的主要产区，有着栽培水红菱的悠久历史。早在一千多年前，吴地水乡各处菱藕种植已很普遍。在很多朝代，水红菱均作为贡品被运送进宫。现在的红菱大多为人工培植。

在苏州众多菱角中，水红菱一直深受百姓推崇，那红艳艳的果实、绿色的茎端十分惹人喜爱。因色泽鲜红，被称为“水红菱”，本地水红菱又称“苏州红”，为吴地菱角中一种特色品种，而一种晚些上市的水红菱被称作“雁来红”。有的地方也出产水红菱，但其肉质口感大不相同。苏州太湖、石湖等地区的水红菱具有鲜嫩、壳薄、汁多、味甜的特点。

水红菱为一年生的水生草本植物，于中秋前成熟。水红菱营养丰富，含有多种维生素和矿物质，还可入药，有利尿通气、健脾润肤等功能。从水中采来的水红菱，洗净即可食用。鲜嫩菱肉可当水果，又可当零食。苏州人特别爱生吃水红菱，剥去外皮，将菱肉送入口中，一股清香沁人心脾，菱肉脆嫩，用牙轻轻一碰即碎落满口，汁液四溢，让人满口生津，欲罢不能。熟菱可作蔬菜使用，如葱油水红菱等。在苏帮菜中，由水红菱制成的经典传统名菜为数不少，如把水红菱出肉后打片与鸡片、鱼片或肉片等搭配爆炒，制成红菱鸡片、红菱鱼片或红菱肉片等，清爽又鲜美无比。红菱与太湖其他水生作物，如新鲜藕片、鸡头米、慈姑片等同炒已成为当下时令名馔——荷塘小炒，清香爽口，受食客热捧。历史上遗存下来，用糟卤调制而成的"糟菱"则是老苏州人的最爱。前不久，笔者在东山镇洞庭饭店吃到一款"糖醋水红菱"，味道特佳。那盆糖醋水红菱一端上桌，就令人眼前一亮。盆中碧绿荷叶中央堆叠成馒头状的水红菱闪着油光，醋酸味带着丝丝甜味，冲击味蕾，菱肉甜糯芳香，沁入脾胃，令人难以忘怀。水红菱入馔是一种水乡特色，为水乡饮食增添了不少光彩。此食材吃法多变，可作冷菜，可作水果，又能热炒，与其他食材相配，菜品就更多了。苏州人用菱肉晒干打成的粉与糯米粉相配制成的糕团尤为粉糯。有些用水红菱制作而成的传统菜点已被载入中国名菜谱，作为经典代代相传。

晚唐诗人杜荀鹤称颂苏州的生活，在《送人游吴》一诗中写"夜市卖菱藕，春船载绮罗"，南宋范成大《吴郡志》中亦有"折腰菱，唐甚贵之"的记录。沈朝初《忆江南》词说道："苏州好，湖面半菱窠。绿蒂戈窑长荡美，中秋沙角虎丘多。滋味赛蘋婆。”史料记载，乾隆三十年（1765），乾隆南巡时，苏州厨师曾为皇帝制作过红菱莲子炖鸭等，深受乾隆赏识。据说慈禧太后也喜食苏州水红菱，红菱由御膳房采办，直送京城，洗净装满一盆作零食或水果生食。

在水乡太湖，秋季采菱是一件盛事，采菱不用船，而用木制浴盆。有诗句“凌波乘浴盘，镜花照侬面”描写采菱村姑，又有“秋风河上起，一片采菱歌”描绘吴地采菱景象。采下的红菱必须仍浸泡在冷水中，一般都用大木盆盛满清水，里边放红菱，不然红菱会变色，菱肉亦趋硬。在没有水红菱的季节中，苏州人也会别出心裁制作与水红菱有关的船点，其中就有一款“水红菱”，用米粉制成皮子，以豆沙为内馅。制作者有船娘，有白案大师。他们构思独特，心灵手巧，将点心做得如同真的一样。

“明月几时有，把酒问青天”，在苏州，中秋那晚家家户户团聚畅饮，在满桌菜肴中，总有一盆水红菱、一盆月饼。是夜，天高月明，那红艳艳的水红菱、金黄色的月饼，衬托出生活的缤纷美好。人们除吃以外，更多的是享受到心灵上的满足。水红菱那一抹亮色，实乃人们心绪的寄托啊！

在所有面条中，我对焖肉面一直情有独钟，几乎逢店必吃。我爱闻那焖肉面里飘出的肉香，也常享受焖肉面带来的满足感。

火候足时他自美

一

清晨的早点对老苏州来说还是那碗面，多数人特别喜食焖肉面。苏州人称焖肉面为“焖肉大面”，有时称“大肉面”。不要小看这个“大”字，这是苏州人对那碗面的敬重。苏式面条闻名遐迩，品种多，吃法多，汤鲜浇头多，并随季变化。春季有扁尖肉丝面，夏季有白汤枫镇大面，秋季有虾蟹面，冬季有蜜汁蹄髈面等，面条品种多达百种，轮番“出演”，唯独焖肉面一年四季供应，在面界如同“花旦”“角儿”，一直深受百姓喜爱。

旧时苏州，面馆星罗棋布，面条作为主食的补充，被当作点心。随着时代变迁，食物愈加丰富，生活节奏加快，吃面已从过去的“配角”转为“主角”了。现今面馆除早市供应外，中午、下午的生意仍十分红火，人们已把面条当作快餐主食来享用。

我仍习惯于清晨吃面条，这是多年养成的习惯。可能我体内的爱吃面条的分泌酶一直在早晨出现。在所有面条中，我对焖肉面一直情有独钟，几乎逢店必吃。我爱闻那焖肉面里飘出的肉香，也常享受焖肉面带来的满足感。

苏州人制作焖肉有一整套工序。据食谱介绍，将五花肋条肉修成长方块，焯水，刮净，入锅加入调料等，将锅盖密封，烧沸即转微火焖烧三至四小时，起锅，待冷，打成片形即可。在长时间焖烧过程中，肉的肥油渐走，鲜味却吸附在肉上，即东坡先生所谓“火候足时他自美”。苏州人吃焖肉面自有一些“套路”：要求焖肉“空口”吃略咸些，配合面条汤吃，则咸淡恰到好处，面条软长，汤宽香头重；吃面前先把面捞起，使肉沉入汤底，再把面覆盖其上；开吃了，按“三部曲”进行，即先呷一口面汤润口，然后吃上两口面条咬嚼，再把焖肉咬上几口抿吃。细嚼慢咽，只为品味其中真味。

我有时明明已吃过早饭，路过面店，闻到自店内飘出的阵阵肉香时，便不由自主步入店堂，宁可中午少吃些饭或不吃饭，也要点一碗焖肉面吃。我还会特别关照师傅，面轻（面条少些）汤宽（汤多些）。那日早晨，我路过街巷拐角处沿河的一家小面馆，走了进去。这家面店已开了十多年，店主是自苏北来苏打工的一对夫妻，丈夫主内煮面，妻子主外收钱端面。两人配合恰当，兢兢业业打理这家小面店。他们供应面点，居然打出“苏式面点”旗号，不少老苏州人一开始不认同，但随着时间推移，他们的面越做越好，苏式风味愈浓，来这里吃面的人越来越多。

那天我点了一碗焖肉面，选择在角落坐下，手脚麻利的老板娘不一会儿就端出面来送到我桌上。我顿时眼前一亮，焖肉浇头是块“硬膘大精头”，竟然还“过桥”（装在小盆里），浇头挺括，汤宽面轻，散发出阵阵油香。细细观看，焖肉的精肉上端还含有三段脆骨，那圆柱状脆骨光亮透彻，被包裹在淡红色肉中，如同白玉。我按照以往吃焖肉面的经验，先呷汤、吃面，再吃焖肉，那块焖肉的精肉部分酥烂鲜美，另有一丝丝嚼劲，焖肉特有的酱香汁液在牙齿咬合中四溢，使我满口生津。焖肉内脆骨软中带脆，在牙齿上下咬合中转成碎末，那一抹咸鲜在肉香中绽出，令人回味无穷。再吃精肉下面带着的肥肉，入口时不感油腻，舌尖上略有油润之感。肥肉入口即化，那充满口腔的油香味，给我带来一种说不出的幸福感。

在满足、欣喜中吃那条焖肉皮，肉皮与舌头相交，滑腴细嫩，口感绝妙，在不知不觉中已滑过了咽喉，直到胃底。在这味觉感动的过程中，我早已把面及面汤吃了个干净。那日吃到的焖肉面让我从多个层面得到了享受，是一碗难得的美味。

二

有道是苏州人每天的生活是从一碗面开始的，走着，走着，又寻面馆而去了。

那天与老友相约寻觅面店——那家面店在一家菜场旁，店小人杂，陈设简陋，却坚称自己“三代祖传”，其焖肉面尤为精妙，吸引了不少居民前去品尝。

我们到达面店时，时间尚早，刚开市不久，吃面之人寥寥无几，倒也清闲。我们只要了两碗焖肉大面，每碗仅售八元，价格低廉，在当今市场上仅相当于一份面包的价格。只是面要自己到窗口去端，无奈要吃，没法，自我服务吧。取到面后，回到座位吃面，说句实在话，此面真称得上是价廉物美：汤鲜可口，油香扑鼻，面条软长、有韧劲，焖肉入口软润，味香咸鲜。

我正把那块焖肉分而食之，吃得起劲时，发现此肉皮顶端凸显一小块东西，细看乃一颗猪奶子。我顿感不适：这是一块"奶脯肉"！我挑起那块焖肉，皮上猪奶子尤显突出，此时凝思："吃还是弃之？"邻座老友看此时情景，轻轻抛出一句："人家没有多收你的钱，吃吧！"有人曾说过，世上有些吃味道，可细嚼慢咽品味，有些只为了饱腹，吞下也无妨。想到此，我真把那块焖肉皮吞了下去。

走出面馆时，我那位老友笑眯眯看着我说道："今日焖肉味道如何啊？"我真不知道说什么好。那时嘴中仍充盈着焖肉面的鲜香，但不知是肉香，还是奶香！我仅对老友说："人家三代祖传嘛……"

根据自己的口味，苏州人对猪头肉的烹调加工方法进行改良，粗货细做，选料精到，必用太湖黑毛猪，配以多种辅料、香料，掌控好火候及汤头，独门秘籍是利用二次烹饪方法『倒锅』，使之香、糯，集味美、价廉于一身，深受百姓欢迎。

大彻大悟猪头肉

在当今苏州的吃食市场上，猪头肉成为一种热销的产品。山塘街上的阿坤卤菜店近年来成为消费者追捧的店铺，每每清晨就有人排队，不到中午，店里的猪肉头就销售一空。不少酒店、食肆也把猪头肉作为菜肴端上桌，可见猪头肉也登上了“大雅之堂”。说实话，猪头肉一直是苏州卤菜行业中价廉物美的品种，深受大众的喜爱。以往生猪被屠宰后，猪头总是作为“下脚料”被轻易处理掉，而今却成为珍品。

旧时在吴地，猪头多被用来祀神祭祖。清代夏曾传撰《随园食单补证》，在“猪头二法”中提到：“吴俗以猪头为忌，丧家用之。”但这种禁忌随时间推移逐步得到改变。吃食史上，早在宋代就已有正规熟猪头肉供应。《东京梦华录》中记，“更待日午”，肉铺市熬爆熟食，“头、蹄、肝、肺四件”。《调鼎集》中更有“煨猪头”“红烧猪头”等多达十四款关于猪头的菜肴。《食疗本草》记猪头肉有多种食疗功效，主补虚，乏气力，去惊痫……

对有如此多功效的、美味可口的猪头肉，聪明的苏州人当然不会弃之不用。根据自己的口味，苏州人对猪头肉的烹调加工方法进行改良，粗货细做，选料精到，必用太湖黑毛猪，配以多种辅料、香料，掌控好火候及汤头，独门秘籍是利用二次烹饪方法“倒锅”，使之香、糯，集味美、价廉于一身，深受百姓欢迎。苏州陆稿荐熟肉店生产的酱猪头肉曾于1981年获商业部优质产品称号。

在吴地，熟猪头肉有多款佳品，最常见的一种是酱猪头肉，红艳爽口、鲜糯味长，为常年供应品种。但在夏季则有熏猪头肉供应，其成色白中带点棕黄，多见于街头巷尾“熏桶摊”，鲜香扑鼻，实乃时令一绝。熏过的猪头肉鲜美无比，那熏香味扑鼻而来时，总能勾起你的食欲。人们去买熏猪头肉时总会备一个大碗，摊主在切好熏猪头肉后，会在碗里加上几勺白色的汤，汤咸鲜，用其淘冷饭吃，真是夏天一大享受。可惜此种做法已近失传了。秋季，苏州则有糟猪头肉出售，深秋季节中，糟猪头肉是一款不可多得、风味独特的菜肴。苏州人一般都酷爱吃糟货，糟猪头肉肥瘦皆备，利用香糟味道，加重猪头肉的香味，吃时可同时享受糟香中的鲜头及猪头肉软糯的口感。现今你能轻而易举吃到醉蟹等糟货，糟猪头肉却难觅，因为能做好此菜肴的人不多，高手更是少之又少。苏州的冬季有酱猪头糕供应，切成条块状上桌，褐色的酱猪头糕咸鲜劲十足。此菜在家中也可做：买回猪头后，拆去头骨，放入锅中红烧至近熟，捞出并拆去小骨，拆小切细，加入酱油、盐等多种调料，移至锅中，文火焖烂，汤汁略多些，待猪头肉熟透后连汤汁一起倒入瓷盆中，冷却结冻后，切成块状上桌。酱猪头糕好吃，是因为它香糯鲜洁，连肉带冻，丰富了口味。那时另一款人们常记于心的熟猪头肉是“咸猪头肉”，其浓郁鲜香令人回味无穷，在食品匮乏的年代，咸猪头凭票供应，还得连夜排队买，过年时求得一只咸猪头，才能算是过了个好年。

苏州人对猪头肉的称谓是按部位称呼的，买猪头肉时也必须说清要什么部位。苏州人说“猪头肉三勿精”，就是称其肉有精有肥，而精与肥又结合得恰到好处。在生活中也有称某人“猪头肉三勿精”，即谓其会多种技能，但又掌握得不够精湛。对猪头肉部位的称呼，苏州人有自己的套路，猪耳朵称“顺风”，猪舌称“门枪”，猪鼻称“鼻冲”，猪脸上部称“脑角”，猪脸下部称“下胲”，每一个部位肉质不同，售价也不一样。苏州人常称：“买摊猪头肉搭搭。”那是统称，真要买时得说清部位。例如，以前买猪头肉时说称一块“下胲”（下胲精肉多些），店家会给你称好并放在干荷叶上让你拿走，后改为用油纸包裹，现已改为装盒了。当今除“顺风”“门枪”须单买外，其他部位都一起论斤卖了。

猪头肉烧法多样，就酱猪头肉而言，制作时先将猪头出骨洗净，沿猪嘴巴线向后劈开，割开耳朵，拔净毛发，去污待用。将锅中老汤用大火烧开，先放骨头，再放脑角、下胲，最上面放舌头（门枪），放一层调料，洒一层硝水（此物有害，现已少用或不用了），最后放入酱油和盐，用大火烧开后改小火焖一个小时左右（焖至半烂），取出投入清水中，洗净，除净骨头，同时把锅中汤面上浮沫撇去，舀出一半汤，加入茴香、桂皮等，再依次将下胲、脑角、舌头下锅，将舀出的一半汤倒回锅中，盖紧锅盖用大火烧开（行业中将这一步称作倒锅，是必须执行的工序，而且倒锅时，脑角、下胲的下锅次序也有变化，舌头仍放在最上面，有时也可放在锅四边）。大火烧开后加入黄酒，改用小火焖二十分钟再转中火收紧汤汁（经过复热的猪头肉汁），约半个小时后即可起锅。

苏式猪头肉的成名起源于那时卤菜、野味店的精工细作，店内的百年老卤起到决定性的作用，调料、香料使用得当，工序、火候使用合理，致使烧出的猪头肉香味独特，烂糯入味，而且价廉物美。其中陆稿荐不失为行业中制作苏式酱猪头肉的佼佼者。山塘街阿坤卤菜店的猪头肉就是得到了陆稿荐烧猪头肉的真传，又在此基础上做了一些改进提炼，生意才如此红火。

猪头肉一般以冷吃为好，是佐酒的佳品，也有热吃的。扬州菜中就有一道大菜——红扒整猪头，猪头烧熟后，仍能保持原状，肥嫩香甜且酥烂，吃时需用汤匙舀食。

猪头肉各个部位的肉质不同，造成口感各异，食客可凭个人爱好，各取所需。猪耳（顺风）中有一层脆骨，两面夹着猪皮，吃时肥腴中有嚼劲。有人酷爱吃猪鼻，猪鼻又称活肉，因为猪常用猪鼻拱地，因此煮熟后，质地挺韧而有弹性，既不肥腻，又不感柴紧，软糯又不失嚼劲，鲜美至极。更有人说猪眼睛周边的肉最为细嫩，称“眼睛肉”，又精又壮又有皮有肉，还有一圈黑色的眼圈肉，口感极佳，十分鲜嫩。猪脑角肉及下胲肉都是老苏州人的最爱，前者肥实多油，后者精肉丰富，吃口都好。猪头肉有人热捧，也有人不太喜食。在吃食口味上总有人喜欢，有人不喜欢。老话说：“食无定味，萝卜、青菜各有所爱。”生活总是多元的，各爱各的、各吃各的，这样才能使生活更加丰富多彩。

在不同的地区，可能都有一款叫得响的猪头肉菜肴，虽然做法各异，但猪头肉的美味永驻食客心中——我们铭记一辈子的，看似是口味，其内在是一种情感、一种乡愁。

当油条遇见虾子酱油，两者的配合真是恰到好处，虾子鲜味与油条脆感碰撞在一起会爆发出十足的美味，最可敬之处，是这种吃食的平民化——人人都能吃得起，人人都能品尝到。

当油条遇见虾子酱油

油条对我来说，充满亲切感，我从儿时一直吃到老年，一直爱吃。多数时候，早点总是离不开油条。有时早餐即便只吃饭泡粥，我也要到街上买几根油条，用油条蘸酱油当粥菜吃。

旧时卖油条的店家会给你一根稻草，让你自己把油条穿个洞带回家吃。有时家中没有小菜下饭，人们冲碗酱油汤，放入小段油条，就成下饭菜了。油条好吃，在于它外表松脆，内在肥润。油条的外形颇有张力，出炉时竖直坚挺，但一碰到汤水就软化。将小段的油条放入咸豆浆中，油条就变得“软浦浦”的，其味软润可口，而且易消化。

油条一般要趁热吃，此时的油条松脆度最佳，吃在嘴里“哗哗”有声，略有嚼劲，你尽可享受食物安抚唇齿的瞬间，而那口味永远是淡淡的咸鲜感。

油条如中药店中的“甘草”，和任何东西配在一起都能成“良药”，大饼夹油条、粢饭油条、猪油糕夹油条……油条可和各种食物搭配，口味可松脆可软糯，咸鲜焦香、肥腴润滑，样样俱全。当今的餐桌上，丝瓜油条、油条塞肉等已成流行菜品。

油条的主要食材是面粉，将面粉发酵成面团后，打成面条，切成小段细条，取两根细条上下合一，用小铁棒一压，卷起下油锅，炸至金黄即可出锅。旧时制作油条会放入少量“明矾水”，让油条在油炸时发松、发脆，现已明确禁止使用任何添加剂了，但不用这些，炸出的油条口感就差了许多，没有了那股特有的松脆感。当下一些快餐店也推出油条，口味与以前的油条相比差距甚远。有些快餐店推出的油条又短又小，吃这种油条像吃面包，犹如在收音机旁听评弹，只是过过瘾罢了。

油条中，还有一种叫“老油条”的特殊品种，即待氽好出锅的油条冷却后，再将其放回到油锅中回氽一遍。较之一般的油条，这种油条硬度上升了，香脆感尤佳，颜色也由金黄变成棕褐色。只是吃时得注意牙齿了。苏州人生活中常把一些不求上进、错误屡改屡犯的人称作“老油条”，真是生动。

我吃油条喜欢蘸点调料，如甜蜜酱、醋糟油等。那些作料“伴侣”一旦搭上油条，其口味就丰富多了。在多款调料中，我最心仪的是虾子酱油。苏州的初夏，太湖青虾抱卵，脑部发硬，即说明一年一度的虾汛到了，老饕们都等着那一口鲜虾子上市。旧时苏城家庭都会采用这种鲜虾子制成新鲜虾子酱油，在家中慢慢享用，蘸白斩鸡、白切肉吃均是一流的口味。我外婆是制作此酱油的高手。我儿时曾见她制作虾子酱油：她采用天然酿制的上等秋油配以虾子、白糖、少许高粱白酒等调料熬制成虾子酱油，待冷却后，将成品装入瓶中，分发给亲友，以至以后每到五月，大家都惦记着外婆做的虾子酱油。外婆曾悄悄告诉过我制作虾子酱油的秘籍：她在熬制酱油的过程中，除了加绵白糖、酒等调料外，还加入了少量乳腐露，用现在的话来说，此种制法是标准的“私人定制”。我从小吃惯外婆做的虾子酱油，以至直到现在，我每每吃到虾子酱油都会想起外婆。

当油条遇见虾子酱油，两者的配合真是恰到好处，虾子鲜味与油条脆感碰撞在一起会爆发出十足的美味，最可敬之处，是这种吃食的平民化——人人都能吃得起，人人都能品尝到。当将油条蘸着虾子酱油送入口中慢慢咬嚼时，虾子的颗粒感时有时无，其鲜味在舌尖流淌，油条酥香充满口腔，慢慢咽食后，仍有少量的虾子在你唇齿间游荡，让你体会到什么叫口齿留香。这种吃食让食客心情晴朗：蓝天下白云浮动，微风四起，白云飘过即见一片蓝天，那是五月天，虾子成熟的好时节。一粒虾子可能微不足道，人们的感觉器官对此也许难以分辨，而当成千上万粒虾子在酱油中汇聚时，那口鲜味却是“排山倒海”般的，那种感受也许只有在苏州才会出现，而每年也只有一次。

每年五月中旬，苏州百年老店新聚丰都会举行一次虾子宴，至今已办过六届了，我一直是此活动的倡导者、组织者。那些吃过此宴的人念念不忘，新加入的人雀跃欢呼，今年此宴如期举行。我在编排此宴时，尤其强调要突出时令虾子的重要性，要让大家吃到虾子本味。虾子宴上名菜如云，炒三虾、虾脑塘片、虾子白鱼等名菜琳琅满目，重量级菜品有“猛虎下山”、砂锅五福等。但此宴头道菜仍是油条与虾子酱油。此菜送到时，满屋飘香。菜盆刚落桌就被疯抢一空。就在有人吃到，有人还没吃到时，我站起身说：“今店家赠送在座各位自制虾子酱油，每人两瓶，大家回家后还可买油条慢慢品吃。”话音刚落，掌声四起。

我是一个喜欢吃的人，一直想守住苏州的一切美味，但又势单力薄、无所适从，只能在心中留住那一点甜润，那一枚小小的粽子糖。

甜润的粽子糖

过了端午节，吃过了粽子，望着桌上剩下的那几只三角粽子，头脑中闪出孩童时代那颗粽子糖。

苏州的粽子糖与端午粽子其实没有什么关系，不过是糖的外形与粽子相仿，其“身量”与粽子比小了许多。我记得小时候不懂吃粽子糖，总是放在嘴里嘎巴嘎巴地嚼，如同吃黄豆似的，居住在我家隔壁的许好婆有一次给我吃粽子糖，并告诉我说：“吃粽子糖要放在嘴里抿着吃，才能吃出它的味道。”我这才知道吃粽子糖还有“门槛”呢！粽子糖主要是由饴糖熬制成的，还可加入薄荷、松仁、玫瑰等，做成薄荷粽子糖、松仁粽子糖、玫瑰粽子糖等。制糖师傅在熬出的糖块尚未冷却时，将其擀成圆柱状细条，又用剪刀快速地将细条剪成一颗颗小糖粒。那糖条在师傅手中上下转动，只见剪刀飞舞，糖粒纷纷落下，这时粽子糖便做成了。苏州的粽子糖一直是著名特产，多次获奖，尤以百年老店采芝斋的产品最为有名——以粽子糖为代表的苏式糖果曾获国际食品博览会金奖。据说历史上，用制作粽子糖的方法制成的贡糖受到清代慈禧的青睐与赞许。现今苏式糖果制作技艺已被列入省级“非遗”保护项目了。另有加入药材的苏州粽子糖，有治病、健身的功效。小小的粽子糖不仅“花样百出”，而且文化内涵深远。《吴门表隐》中说，粽子糖为明末谢云山始创，故一名“谢家糖”。苏州著名掌故大家郑逸梅先生所著《瓶笙花影录》中，有《粽子糖》一文，文章称：“粽子糖为纯饴糖所制，煎煮既熟，俟其凝结未坚硬时，以剪刀铰之，成三角粽子型，故名。有薄荷者，有玫瑰者……粽子糖之佳者，入口渐化，了无渣壳。更有杂入松子仁及玫瑰酱为馅者，则甘芳尤较寻常者为胜。固不让舶来之朱古律、摩尔登专美，然摩登人士，往往醉心欧化，鄙弃国产之粽子糖而不屑进啖，过矣。”这段文字用赞叹的语气介绍了苏州粽子糖的做法、品种，并点出某些人在吃食上过于西化，表达自己爱国爱家乡之情。

苏州人有句俗话：“甜么甜到粽子糖，苦么苦到男孤丧（鳏夫）。”可见粽子糖已深入苏州人的日常生活。旧时粽子糖按粒买，两分钱可买用三角纸包的一小包，有二至四粒。在早些年，粽子糖是一种休闲食品，而现在，粽子糖已成为老人们的记忆。上海人一直为自己那颗大白兔奶糖骄傲，有一段时间，大白兔奶糖风靡全国，而且颇具海派特色，奶糖的甜香味成了那时的流行。而苏城的粽子糖历史悠久，虽未曾大红大紫，却一直是苏式糖果中的经典，流传至今，就像苏州人的性格一样，一直温婉地存在着，与世无争。

与传统粽子糖相比，另有一种升级版粽子糖更为出彩，即“玫酱糖”。此糖外形与粽子糖相仿，但内包玫瑰酱、松仁末等馅料，当你把此糖送入嘴中时，甜味即起，咬开松脆外皮后，内里的玫瑰酱尽流舌尖，绽放出玫瑰芳香，酸甜可口，还有丝丝咸味及松仁果香味，真是口齿留香、津液四起，难怪外地游客在采芝斋大包大包地买玫酱糖带回去。

我对第一次吃玫酱糖的经历一直记忆犹新。在刚懂事的那个年头，我去爷爷家，那时我爷爷双目患青光眼，已失明了。进门后我见爷爷一人静坐在那里，我叫了声“阿爹”，他微微一动，招手叫我坐在他边上。我刚坐下，爷爷一只温暖柔滑的手即将我的手搀牢，我顿感热流传遍全身。他慢慢起身拉着我走向他的卧室——他虽双目失明，但对家中任何一个地方都很熟悉，不用人搀扶，那时我人小，倒是爷爷搀着我。他来到床边坐下，叫我也坐下，随即伸手从床底摸出一只“甏”（苏州人常称的“梗灰甏”，专门用来盛放零食），从中拿出一个纸包，拣了两粒糖，塞在我手中，说道：“你先吃一粒，吃完再出去。”我把糖块送入嘴里，那糖的芬芳果香直冲我的鼻腔，顿觉甜甜的、酸酸的，还有丝丝咸味，那时我真不知爷爷给我吃的是什么糖。出房门后我们爷孙坐定，我问：“爷爷你给我吃的什么糖？”爷爷轻轻说：“叫玫酱糖，是用苏州玫瑰花做成的。”从此玫酱糖在我的“吃食神经”上打下深深的烙印，令我难以忘怀。

我每次去爷爷家，他总会给我吃些东西，而那些吃食总放在那只甏里。我有时吃到杏仁酥，有时吃到酥糖、橘红糕等。每每给我这些零食时，爷爷总关照我在房中吃完了再出房门，他生怕别的孙儿们也来讨要。他十分偏爱我，因我是华家长孙。那时我年纪小，对他的这份偏爱浑然不觉，当我懂得其中情由时，爷爷已经故去了。但爷爷对我的那份厚爱、情分，我一直铭记在心，至今难忘。现今社会已发生巨变，食品已非常丰富，人们在吃食上怕甜、怕油、怕咸，讲究养生、减肥，那些不起眼的粽子糖似乎正在淡出人们的视线。

我时不时会走进采芝斋买上些苏式糖果，其中玫酱糖是必须买的。在家空闲时也会拿出一粒含在嘴里品味，在其酸甜果香溢满口腔时，脑海里总会浮现爷爷拉着我的手进入他卧室给我吃糖的那一幕，那颗小小的玫酱糖承载着爷爷与我的深情。当下我自己已做了爷爷，我曾用我爷爷的方法来关爱儿孙们，起先他们都难以接受，因为他们都爱吃巧克力等西食。在我多次游说下，他们逐渐也开始接受，现已爱上粽子糖等苏州的小吃了。我想：饮食文化的传承也得从娃娃抓起。

我是一个喜欢吃的人，一直想守住苏州的一切美味，但又势单力薄、无所适从，只能在心中留住那一点甜润，那一枚小小的粽子糖。

在春时品吃腌笃鲜是苏州人的嗜好，吃不到这一口，这一个春天都会过得不舒坦。腌笃鲜带着冬季的韵味、春时的光鲜、山林中的芬芳走上餐桌，给人愉悦享受。

春时第一鲜

入春后，苏城的时令美食中首推的便是“腌笃鲜”了，此菜最能与春色同在，味鲜气香色艳，被称为“春时第一鲜”。此菜采用腌肉与鲜肉，加入春笋，烧成汤菜，俗称“腌笃鲜”，是吴地家家户户都能烹制的春时美味佳肴。在苏州，做腌笃鲜的腌肉一般都在腊月中腌制，腌好后挂在门前屋檐下，徐徐晾干而成；鲜肉必用太湖地区黑毛猪五花肉；春笋（又称大档笋）要用城郊山林、竹林中鲜笋，有时也可用南边的毛笋。

在春时品吃腌笃鲜是苏州人的嗜好，吃不到这一口，这一个春天都会过得不舒坦。腌笃鲜带着冬季的韵味、春时的光鲜、山林中的芬芳走上餐桌，给人愉悦享受。此菜在苏州人餐桌上频频“出演”，奇怪的是，腌笃鲜在从前的苏州菜谱上并未出现过，反倒是上海及外地菜谱中有所收录。这种未入菜谱的“家常”并不妨碍此菜成为苏州经典名菜，它反而因质朴味美的特色走进了各种春季版美食行列。据老一辈人说，腌笃鲜最早是从明代吴地翰林院学士、太师华察府中传出来的。有一年华太师清明祭祖，祭祖完毕后就在坟客（守墓人）家中吃饭。坟客为他准备了一桌丰盛菜肴，其中有他爱吃的清蒸“雪腿”（腊月大雪后腌制的猪后腿肉）。当吃到那碗打块蒸煮的雪腿后，太师说：“此雪腿甚好，惜哉盐多了些，味重。”当时站在一旁的坟客妻子立即上前撤下那盆雪腿，端回厨房，下锅加了两大碗清水，随手将刚从竹园中采摘到的春笋剥壳切块，放入锅中，又把自己准备食用的一小碗鲜肉一同倒入锅中，烧制一会儿起锅，装大碗端上桌。华太师望着这一大碗热气腾腾的汤菜，尝上一口，顿觉鲜美无比，接着吃了雪腿肉、鲜肉、春笋，发现口味尤佳。那日华太师面对满桌菜肴皆不顾，单吃这碗汤菜，并问其名字。坟客妻一时接不上话，喃喃说“腌鲜肉”。太师听后直摇头，说此菜应是“腌笃鲜”。华太师也把此道菜肴带回府中，并做了一些改良调整，从此华府家宴菜单中就多了一道名菜“腌笃鲜”。还有传说称此菜是秋香的最爱，随后“腌笃鲜”就流传到社会上，在民间传开了。

有时在冬季就有人要吃腌笃鲜，也用腌肉、鲜肉，加冬笋制成一锅，但此菜从一开始就“言不达意”：冬时腌肉还未腌入味，鲜肉含水多，冬笋虽脆嫩但不易入味，真正的腌笃鲜必定要在春时吃才“合拍押韵”。经一个冬天的腌藏，腌肉紧实，咸头到家，春时鲜肉肥壮，春笋鲜嫩又带着山林的气息，这三样食材用砂锅同烧，原汁原味，意达于口，才称得上是美馔。

大多数人制作的腌笃鲜汤都不清，面上浮着一层油，吃在嘴里不但不鲜，还不清爽，而且有一种油腻气，粘在嘴里真不是滋味。按照苏州家常烹调方法，腌肉、鲜肉都要采用最好的肉。第一步，把腌肉上腐坏的肉、黄色的肉用刀剔去，鲜肉刮清污油；第二步，将腌肉、鲜肉打成骨牌块，在沸水中焯一下，冲清血污放入砂锅内；第三步，一次性加足清水，在炉上烧至大滚，撇去浮在汤面上的泡沫、浮油，加入葱、姜、料酒，烧上一刻钟，将春笋去老根切成滚刀块加入锅中，再等砂锅中腌肉、鲜肉、春笋大滚；第四步，移至小火上慢煮至焖烂。

烧制腌笃鲜的一个要点是让食材在砂锅中慢慢焖煮——砂锅内传出的气泡之声，就是吴语“笃”的发音，这也是腌笃鲜“笃”字的由来。照此烧法，汤清而不浑，肉与笋亦鲜美。在尝过汤后觉太淡，可略加些盐，有时人们还别出心裁，加入春时绿笋、百叶结同煮，这都是凭自己的口味爱好去发挥了。但真正懂吃的人做腌笃鲜，一定是砂锅内只放入咸肉、鲜肉、笋块三样，腌肉呈粉红色，鲜肉呈白色，笋块呈黄白色，三色相加，汤清味鲜，这是老苏州人的最爱。

在饮食之道上有两种人。一种人喜欢吃，被称为“食客”；另一种人专心吃，被称为“吃客”。两者均喜食但态度不一样，后者对吃食的食材、食法、时令性均有苛刻的要求。就腌笃鲜来说，有些吃客要求腌肉、鲜肉最好都用蹄子来做，蹄子肉紧实，带有筋、骨，烹制时骨味溢出，汤味会更鲜美。笋要用大山里出来的黄壳大笋，打成块与肉同煮，鲜味更足。烹制方法亦有要求：用腌蹄子、鲜蹄子各一只，剁成块后焯一下水，春笋一斤半打成块，三者先后加入砂锅，加水四大碗，大滚后去泡沫，加入绍酒少许及葱结、姜块等副料，先烧后笃，慢炖，吃前先拣去葱结、姜块，成菜汤汁浓稠，竹笋清香，肉块酥烂味美，终成极品。

烧制腌笃鲜，虽然看似简单，但不是随心所欲的。按照老苏州人的操作，用锅必定选砂锅，砂锅透气性好，保温性强，守得住味道；烹调时先烧肉后加笋，还要注意把控火候，使肉烧至酥烂时依然带点筋道；出锅时忌用葱花、胡椒、蒜叶等味重的调料，以保住其清鲜之感。食时可先呷一口汤，后吃一块鲜肉，再吃块腌肉，最后吃块春笋。舌尖味蕾上，种种味道一一铭记，使你真正体会到“鲜”味真谛。

腌笃鲜起源于吴地。姑苏城郊山丘连绵，竹林成片，吴人钟爱竹笋的清香味美，四季常吃。有着悠久食笋历史的吴地人家，同时也非常重视冬月腌肉。先民们将腌肉、鲜肉、竹笋汇集一起，煮成美味的腌笃鲜。关于腌笃鲜及其食材，除长辈口口相传的故事传说外，还有文字记载。清代苏州人顾禄在《清嘉录》中有写腌笃鲜食材之一的腌肉：“乡人豢猪于栏，腊月宰之，卖于居人，充年馔之需，谓之‘冷肉’。”又案云：“腌透风干。”他又在《题画绝句》中对笋如此描写：“最是关心谷雨时，满林犊角进泥新，谁将苦瘦山厨味，分与城中食肉人。”清代袁枚在《随园食单》记“笋煨火肉”：冬笋切方块，火肉（火腿）切方块同煨。有诗云：“夜打春雷第一声，满山新笋玉棱棱。买来配煮花猪肉，不问厨娘问老僧。”以上种种都与当下腌笃鲜有异曲同工之妙。

腌笃鲜营养丰富，其中肉类蛋白质含量高，笋中含有多种维生素。腌笃鲜似汤似菜，吃饭佐酒均可。制作腌笃鲜，不但不能放酱油及其他香料，甚至盐都可以不放，因为咸肉中盐分会自然溶解在汤里。春笋本无味，但可在汤中吸收咸肉渗出的味道，还能把肉中油脂吸收掉。每当腌笃鲜上桌，看着那热气腾腾的一锅，闻着香气，品尝鲜嫩的美味，即便是再平凡的日子，也过得似“良辰美景”。

在苏州，除作为观赏花的玫瑰花之外，还有一种可食用玫瑰花，其多数被制成玫瑰酱，用作蜜饯、糕团、糖果、饮品、菜肴等多种食品的配料。

齿有余香玫瑰酱

常言道：赠人玫瑰，手有余香。玫瑰在植物分类学上属蔷薇科，有多种花型、颜色，香气十足。据记载，我国自汉朝就开始栽植玫瑰花了。苏州种植玫瑰也已有上千年的历史。苏州四季分明、土壤肥沃，城郊山地、太湖之滨均是种植玫瑰花的好地方。玫瑰长久以来象征着美丽和爱情，有诗云："杨柳萦桥绿，玫瑰拂地红。""才子相见都相赏，天下风流是此花。"玫瑰花集药用、食用、欣赏、绿化价值于一体，很受人们喜爱。

在苏州，除作为观赏花的玫瑰花之外，还有一种可食用玫瑰花，其多数被制成玫瑰酱，用作蜜饯、糕团、糖果、饮品、菜肴等多种食品的配料。在苏州，玫瑰花一般在四至五月盛开，种植食用玫瑰花的花农会在凌晨挑选花苞呈紫色、花瓣鲜艳又多重瓣、花蕾呈卵型不露蕊、香气浓者采摘。采摘后略晾干，在盐水中过滤清洗，再阴干，加入盐、绵白糖，轻轻揉搓，使花瓣与糖彻底融合，直到花瓣有暗红汁液流出。老式制法的玫瑰酱在制作过程中还会加入上一年的梅卤一起腌制，成品放入缸中封存，等上一段时间即可食用。

苏州人食花历史悠久，常吃的有玫瑰、玉兰、桂花等，其中最有名的花制吃食是用玫瑰花腌制的玫瑰酱。玫瑰酱质地细腻润滑，味道酸甜，香气芬芳。这种玫瑰酱多被用于苏式糕饼、菜点中，还能制成香精，加入护肤品中。清代《调鼎集》有关于玫瑰酱的记载："甜酱碟内，入玫瑰花蕊蘸（指把玫瑰花浸入甜酱内）。用多，投入缸内。酱物亦好。"此书另记玫瑰糕、玫瑰粉饺、玫瑰卷酥等多款点心的制法，不难看出在清代，江南人家食用玫瑰制品已是十分普遍的现象。

玫瑰酱最原始的吃法是蘸着吃，一般舀出一小碟玫瑰酱，蘸粽子、馒头、猪排、鱼排等均可，味道甜美微酸、香气扑鼻。苏州人有时吃时新的面包、煮熟的芋艿也用玫瑰酱蘸着吃，这口味是一流的。苏州著名作家包天笑先生在《衣食住行的百年变迁》中写道："以新制之玫瑰酱蘸白水粽，可谓色、香、味三绝。"并诗云："可笑诗家与画家，珍羞也要笔生花。玫瑰酱蘸水粽白，雪岭似披一抹霞。"在与玫瑰有关的苏州特色吃食中，最著名的有玫瑰酒酿饼，此饼一般春季供应，店家做成生坯后，直接在店门口烘烤，焦香扑鼻。偶尔在烘烤中，饼中玫瑰馅爆出，流淌在锅中，玫瑰香气霎时充满整锅，出锅后整条街香气缭绕，引得食客们寻味而来。此饼香甜可口，玫瑰馅中还加入几粒猪油丁，烤熟后晶莹通透，肥腴中带着甜美。玫瑰酒酿饼集焦黄的外表、雪白的饼皮、紫红色的玫瑰馅于一身，煞是讨人喜欢，是苏州人春时喜欢食用的食品之一。

苏州还有一款历史悠久、多次获奖的玫瑰馅糖受人追捧，即玫酱糖。玫酱糖是在苏州传统粽子糖的基础上发展出来的，呈四角粽子形，晶亮淡红色泽，内含玫瑰馅料，甜中带酸味和一丝咸味儿，有一种天然玫瑰花香，让人回味无穷。初时的玫酱糖外皮较硬，后在制糖师傅的精心研究下，推出了皮薄馅多的玫酱糖，其馅料中又加入梅子泥佐以玫瑰花、桂花，使该品种成为色、香、味、形俱佳的糖果，深受沪宁一带消费者喜爱。百年老店采芝斋出品的玫酱糖在1986年曾被评为省优质食品，并在1988年首届中国食品博览会上获银奖。

苏州糕点中有一块玫瑰大方糕常常被人称颂，还时常被游客带到外地送给亲朋好友，一些在外地工作的苏州人也常常想起那块甜糯美味的大方糕。大方糕一般用糯米粉、粳米粉按一定比例配制成粉坯，制作时在多格正方形木框中撒一大半粉，中间挖出一个凹洞，用匙把玫瑰酱、松仁等馅舀入其中，加入几粒生猪油丁，再撒上粉，略微调整使之成为正方形，用木板压住，入笼蒸熟后上柜供应。大方糕糕体软糯，表层洁白，馅心色红甜美，趁热而食，更觉香味诱人。旧时苏州一些大的茶食糖果店、糕团店均有供应，其中以苏城“桂香村”茶食糖果店的最著名。以前，大方糕时令性特别强，一般在清明上市，端午落市。但现已成为常年供应品种了。

在苏州，玫瑰花不仅用于制作玫瑰酱，有时还被制成玫瑰茶、玫瑰花露、玫瑰酒等。玫瑰酒酒液淡黄，色泽艳丽，香味浓郁，一般被装入白色长瓶中，酒瓶里漂着艳红玫瑰花瓣，使酒带着一种浪漫色彩，深受百姓喜爱。1992年，时任全国作协副主席的陆文夫先生牵头在苏州召开文代会，会议结束后在松鹤楼宴请来自全国各地的与会嘉宾。陆老特别要求宴会上用采芝斋出品的玫瑰酒，果然那些宾客食后个个竖起大拇指，有宾客评价道："此酒好喝，又漂亮，苏州味道十足。"

清人顾禄《桐桥倚棹录》中曾有关于花露的记载："虎丘仰苏楼、静月轩，多释氏制卖，驰名四远。开瓶香冽，为当世所艳称，其所卖诸露，治肝、胃气，则有玫瑰花露……"书中除玫瑰花露外，还介绍了几十种有治疾功效的花露，可见清代苏州人已广泛使用各种花露治病健身。

从前，玫瑰常常出现在苏州人的吃食生活中，就连吃粥，也少不了玫瑰做伴，如玫瑰大头菜、玫瑰乳腐等。在菜肴中，玫瑰被调成芡汁用在松鼠鳜鱼、咕咾肉的卤汁中，增加了菜的果花香味，使名菜提升了档次，此外，还有玫瑰虾仁、玫瑰鸡头米等艳丽多彩的菜肴。

用玫瑰花制成各种食品、饮品、酒类、香精等，是苏州人在长期种植培育玫瑰花的过程中得出的经验，也是对大自然馈赠的一种回报。对食材有敬重心，就得爱惜与呵护它。如今种植玫瑰花的人越来越少了，能做真正的苏州玫瑰酱、玫瑰制品的企业更是少之又少——食用玫瑰的制作真到保护性利用阶段了。当今市场上正盛行的西式蓝梅酱及其他果酱价格昂贵，而传统的苏州玫瑰酱等价廉物美的食品却受排挤，导致这种现象的原因是多方面的。市场是面镜子，传统食品企业应找到差距迎头赶上，不然传统的美味将离我们而去，就如旧时苏州的虎丘茶、蓑衣面饼那样成为"广陵散"，绝响久矣。

此面是以拌面方式呈现的，淡黄色苏式小阔面，上面撒满一排暗红色虾子，赏心悦目。『过桥』装在小碟中，嫩嫩竹笋，四周溢出金黄色素油，另旁随带着一碗蛋皮丝汤。

今日宜吃面

一、山下的笋油面

城郊旺山有一家叫环秀晓筑的养生度假村，该店被山林围绕，拥有得天独厚的环境。这里空气纯净，树木总是绿油油一片，夹着缤纷花卉，一池清水点缀着整个饭店。饭店在青山绿水中，消费者去那儿如同拥抱大自然。

“苏州十碗面”评比时，环秀晓筑养生度假村积极参加，拿出了该店秘制的笋油面。该面就地取材，选用山林中的竹笋，加上当地农家煮面的方法，新鲜美味，清新爽悦，得到考评专家、消费者一致好评，顺理成章地入选了“苏州十碗面”。

说实话，我先前还真没有吃过此店的面条，此面能得到专家大师认可，总有其道理，味道必有过人之处。总觉得评出的这十碗面，没吃过的，总得去尝尝，哪怕在盛夏酷暑里也得寻味而去。前些日子，我专门挤出一天，驱车赶往旺山环秀晓筑。那里真是一派山村气象，山上林木郁郁葱葱，小溪奔流，这家饭店就隐藏在竹林围抱中。即便是烈日当空，此处也是清凉世界。食客也因之心情舒畅，倍感精神。

我在餐厅里点上一碗笋油面，不多时，服务人员即端上一只木盘来，里面有一盆面、一碗汤，两小碟"过桥"。"过桥"上桌时，我看到此面是以拌面方式呈现的，淡黄色苏式小阔面，上面撒满一排暗红色虾子，赏心悦目。"过桥"装在小碟中，嫩嫩竹笋，四周溢出金黄色素油，另旁随带着一碗蛋皮丝汤，吃拌面时，若感到口干，可先呷口汤，润一下口，味蕾亦随之打开，再吃面时味道尤佳。制作者考虑得细心周到，可谓用心良苦矣。

我按自己的吃食经，用一半面及一半笋块浇头拌了吃，面条软长，竹笋脆香，鲜劲十足，颗颗虾子在口腔中微微碰撞，尤为鲜美。在笋油带动下，面条更显得滑嫩，我吃得更欢快，将剩下另一半面及浇头倒入蛋皮丝汤中，便成了汤面吃法，汤面上浮出的小虾子、金黄蛋皮丝、透着鲜香的面条，哧溜一下，全部下肚。此面做法新颖，口味独特，清爽的口感、鲜美的味道、幽静的环境，在盛夏给人一种清闲的享受。

二、横街一碗面

在葑门横街的东头，有一家老面馆，那里是我常去吃面的地方。

面店不大，就放六七张桌子，门面朝南开着。面的品种似乎也不多，就那几样传统的面，像焖肉面、爆鱼面、素浇面等，原汤原配，传承着苏州汤面的老做法，传承着苏州味道。餐桌上还放着辣酱、胡椒等，供食客随意取用。因横街有菜场，去卖菜买菜的人众多，该面店生意一直很兴旺。肉面、鱼面都是同行业中最低价，面的质量却是上乘的，因此吃面的人越来越多。

前一阵子苏州旅游部门评选“苏州十碗面”，不少热心食客都鼓励该店老板去参加比评，可老板谦卑地说：“我店小，人手不够，下好两条面已不容易，不去轧闹猛了。”但四周群众一致说：“你家的面好吃，真是一碗好面。”从此该店有一块横匾“横街一碗面，味道苏州城”，据说是一位老食客赠送的。

都说苏州人每天的生活是从一碗面开始的，其实说白了就是苏州人早晨都爱吃上一口面。面的味道，就是苏州味道。陆文夫笔下的美食家朱自冶清晨醒来第一件事，就是去吃“头汤面”。我不是美食家，但喜欢吃面，那日清晨又去葑门横街吃面了。去面店，对我来说就像去亲戚家一样快乐。到达该店时，顾客盈门，我买好面票，看到临门那一桌“三缺一”，仅留下一只空位，我随即坐下。我偏爱那碗大肉面，即焖肉面，四个陌生人围坐在一起吃面，好似谁不挨谁，但都在关注着谁吃的什么面。四个人吃的面各不相同，我吃的是肉面，一位长者吃的是素浇面，邻座一位大妈吃的是鱼面，对面一位中年人吃的是牛肉面。

我们一桌四人几乎同时把各自的面条吃完，碗中面汤也所剩无几。从神态上看，另外三人似乎都吃得心满意足，我更是在心中拍手称快。那碗焖肉面，汤鲜、肉酥、面滑，葱香浮动不张扬，味在其中。那位留着胡须的长者吃完面直叹吃得舒服；我直说面味正宗，是苏州老味道；邻座大妈翻了翻眼睛对我说，这叫吃得“经济实惠”；坐在对面那位中年人操着浓重苏北口音说，这才是真正“苏州一碗面”，说完起身走了。后来店主告诉我，那位中年人几乎天天来此吃面，是横街上一家卖鱼摊的摊主。

走出这家小面店，我真感到，苏州的“面文化”已深入人心，面条的评判标准，就在百姓心里。

三、传奇母油鸭汤面

苏州澹台湖大酒店也参加了苏州十碗面的评选。一家星级大酒店放下架子，参与平民百姓热衷的十碗面的评选，够接地气。这家酒店出品的母油鸭汤面从众多著名汤面品种中脱颖而出，还真入选了“苏州十碗面”。我对这碗面总是“耿耿于怀”。作为一个老苏州人，吃过的鸭面品种有卤鸭面、酱鸭面等，却从未在什么面店中吃到过母油鸭汤面。但话又得说回来，母油鸭汤面还真让人有似曾相识又陌生的感觉。在苏州的老面馆中从未见过此面，但在一些老饭店、酒店中都吃过苏州传统经典菜肴——母油船鸭。

母油是苏州有名的优质酱油，鸭采用太湖麻鸭，肉紧实无腥味。此菜都以砂锅形式出现，满满一整锅汤中，一只肥鸭静卧其中。此菜制作方法来源于苏州旧时“花船”上的菜式。将整鸭洗净焯水后，放入砂锅，加入母油及其他调料，另配上猪爪尖、红枣，大火煮熟，转文火烧，此处采用的是苏帮菜独门技法“焐”，焐上好几小时方可制成，出锅时还得浇上葱油。此菜上桌时，葱香扑鼻，汤鲜鸭肥，食客们把美味鸭肉吃了，因为觉得剩下的汤汁弃之可惜，总会下几条面在其中。

苏州著名作家、美食家陆文夫先生曾多次在得月楼宴请来苏的文人墨客，若适逢冬令，陆文夫先生就会点吃苏州传统母油船鸭，而且每次吃此菜时总会早早关照服务人员：“待鸭吃过后，砂锅拿回厨房，汤里下些面条。”还会特地说上一句：“加些苏州小尚菜（青菜）在里边。”懂吃、会吃的人总会把吃食提高到一定高度，让一起吃的人吃得心满意足，这也不失对食物的尊重。澹台湖大酒店就是采用此法制作出这种传奇的母油鸭汤面。此面获得专家、评委一致好评。

前日我在家闲着，似乎闻到面条的葱油香味，便想到母油鸭汤面，一时冲动，即赶往那里。该酒店评到苏州十碗面后，在大厅单辟出一个面部，全天对外供应母油鸭汤面。我到达时正值中午，吃客还真不少。毕竟是大酒店内部，这里陈设典雅大方——吃面桌子都是小方桌，小巧好看；沙发式背椅，坐之舒服。我买好面后，刚坐下来不久，服务人员即送上一木盘，盘中有汤面一碗，“过桥”鸭肉一碟，另配有雪菜、萝卜干等小菜。真没想到，此面汤汁肥厚鲜美，葱香四溢，尤其是母油酱鲜味别具风情，迅速打开我舌尖上每一个味蕾，那两块鸭肉，紧实鲜腴，令人难忘，不愧是苏帮菜中的精品，筋道的面条浸在浓稠的汤汁里，香浓酥软，我愈发吃得欢快。

按我的食量及对面的痴爱程度，真想再去吃上一碗，可看看别桌上吃客都只吃一碗，碍于面子，也只能作罢，但心里还是留下了满满的感动。

我在那里吃到的烧卖是刚出笼的。一只只烧卖形如朵朵小石榴花，热气腾腾的一竹笼，外加骨头蛋皮丝汤一碗，颇有仪式感。

一只烧卖的“深情”

在苏式传统点心中，烧卖一直是受百姓偏爱的。“烧卖”两字也总让人感觉有些“角别”。据说，烧卖之名是因其形似古代的乌纱帽，所以取“纱帽”之谐音而来，有些地区把烧卖称为“烧麦”“稍麦”“稍梅”等，更有人说烧卖即是现烧现卖的点心，故而称之。在江南，烧卖是把面粉和水调和、揉好后，用擀面棒擀出带有荷叶边的皮子包上馅心蒸出来的一种点心，这种点心有点像北方的饺子。

在苏式传统点心中有一个重要支脉，即吴越点心，它历史悠久，工艺精湛，其中盛泽烧卖的制作尤为出色。盛泽深受吴越文化熏陶，积沉底蕴，民间早有“晨起吃烧卖”一说。据相关资料记载，盛泽烧卖流行于宋代，最早开卖烧卖的店铺为盛泽登椿桥锡昌馄饨店，现盛泽昌升记烧卖店为其“后代”，可见盛泽烧卖非同一般，已有六百多年历史。现今盛泽镇大小烧卖店已有一百多家。

我曾多次去盛泽吃过烧卖，又品尝过多款不同的烧卖，但总觉得有一种意犹未尽的感觉，直到吃到盛泽乌新桥烧卖才感“够味”，那味道一直萦绕在我心里挥之不去。回想那天，要不是我徒弟蒋洪先生领我到该店，我可能就是花一整天也摸不到此处——这家小点心店既无店招，又深藏于小巷弄堂深处。走进那条古色古香的弄堂，先穿过一条旧时过街廊楼，偶然还能听到人们在楼上走路、讲话的声音；弄堂一侧那些小理发店、杂货店等仍有旧时的风韵，人们在那里剃头、购物、闲聊，一派祥和生活情景，让人心动；小巷另一旁，一条小河穿流而过，流水潺潺，河岸边的石帮岸长着许多深色野草青苔，两岸住着不少人家。有的人家河边石级延伸到户，一派水乡人家的风貌。眼前那顶古朴小巧的石拱桥就是著名的乌新桥，走上桥顶看着两岸枕河人家，桥下清澈河水，像是看到盛泽古镇悠长的历史以及其从容的底气。

桥东堍就是那家小点心店，让人称奇的是该店至今仍用灶、煤块，更令人意想不到的，是那烧煤的炉膛开在桥堍下露天的墙面里，锅却在屋内，结构巧妙奇特。店主说烧煤火旺，蒸出的烧卖才能一步到位。店不大，似宅似店，仅三四张方桌，散落不多几张方凳，供应的烧卖全手工制作，擀皮子、制馅心、备汤料都是店主亲力亲为。烧卖按笼起售，一笼二十只仅卖八元，价格低廉，与当下买一把葱或一块姜的价格差不多。该店还供应馄饨、汤团等地方风味小食，深受人们的欢迎。

我在那里吃到的烧卖是刚出笼的。一只只烧卖形如朵朵小石榴花，热气腾腾的一竹笼，外加骨头蛋皮丝汤一碗，颇有仪式感。那烧卖一口一只，吃得优雅，烧卖皮洁白、细软、糯香，咬嚼中从馅心流出的汤汁抚慰舌尖上的每一个味蕾，浓香四溢，鲜美可口。馅中的笋丁、香菇丁等副料提升了肉馅的口感，是一种朴素的升华，使烧卖成为带有江南地方特色的美味符号。难怪那些盛泽人一回忆家乡美食，首先想到的即是盛泽烧卖，那滋味和品质让他们记住一辈子，乡愁最后都归结到烧卖上。这家烧卖店虽然又小又旧，但烧卖的口味却堪称一流。由此我便想起一次在苏州南林饭店吃到的江南厨王吴涌根大师制作的翡翠烧卖。那笼烧卖只只一样，小巧玲珑，如同用模具制出的一样，馅料为青菜等，洁白的皮子透着翡翠碧绿的色彩，口感鲜中带甜，令人难忘。两款烧卖，一款为学院派大师所制，另一款为民间高手、草根大师所制，但都彰显出吴地烧卖的精致和鲜美的江南水乡特色。

乌新桥烧卖店的店主告诉我，该店已有近六十年的历史，经过岁月沧桑，至今仍坚守在那里，全年营业，风雨无阻，每天清晨五时开门供应直至中午，因人手少，下午即停业休息。该店现面临后继无人、即将被拆迁改造等状况。我真担心此家小店不久将被淹没在市场冲击大潮中，无法生存。我真心希望这家小店能永远生存下来，供应那只“饱含深情”的烧卖。走出店门时看到年迈的店主忙碌不停的身影，想到他这些年守着那一笼烧卖的艰辛，我肃然起敬，在心里默默为他的坚守喝彩。记起一位文学家曾说过：“心心在一艺，其艺必工。心心在一职，其职必举。”相信盛泽烧卖在传承创新中定能走向远方。

華年誰与度

我与老潘有一个共同点，都爱苏州吃食。我们经常坐在一起谈吃：今天买些什么吃食，明天去哪里买些什么……他老婆一直说我俩为苏州一对『馋痨胚』，我们俩自诩『吃客』『食客』『美食家』……

食友老潘

清晨起身，刚沏上一杯茶，门铃响了。我想：这时会有谁来我家？打开门，见是老潘。老潘住在我家对门，他是原苏州玻璃厂退休工人，比我大两岁，在工厂时专门吹热水瓶瓶胆，有着一身好手艺。他老婆过去在某小学教语文，现早已退休。不要看老潘是退休工人，其祖上潘家可是苏州大户人家，书香门第。老潘家生育一子一女，都是大学生，毕业后都在美国工作，子女有孝心，买好房屋给二老住，还按月寄钱回家，让二老安度晚年。我与老潘有一个共同点，都爱苏州吃食。我们经常坐在一起谈吃：今天买些什么吃食，明天去哪里买些什么……他老婆一直说我俩为苏州一对“馋痨胚”，我们俩自诩“吃客”“食客”“美食家”……

老潘坐下后，我给他倒上一杯茶，他呷上一口茶后郑重地说：“你可知道南京有一位教授开了一家卤菜店——品种多，有特色，生意好得飞起来。这位教授是食品科技学院的。现今消费升级，不仅要吃好而且要吃得安全和放心。”我说：“食品安全虽然重要，卤菜，还是要综合考虑产品质量、口味、卫生、服务等。”老潘接着又说：“近期我听大公园茶友说在吴江震泽宝塔街也开了一家卤菜店，那里‘老严酱鸭’三代祖传，美味不可挡，而且要排队限量购买。”我说：“真有此事？巧了，后天我要到震泽办事，到时给你买一只回来。”老潘听后高兴地连声叫好。

那日清晨我真去震泽，现今交通便捷，仅一个小时，我即达目的地。走在宝塔街的石板路上，倍感亲切。盛泽游人不多，宝塔街窄小又长，古色古香，街后那条河河水清澈，静静流淌，蓝天白云倒映在河中，沿河小店风貌依旧。黄灿灿的寺院围墙在阳光中愈发明亮，那座寺院就是著名的慈云寺，寺中高耸的宝塔直插云霄。横卧在河道上的拱形古桥——禹迹桥，由石板砌成，雄伟壮观。古镇这些景观总给人一种宁静祥和的感觉。从热闹城市中走来，我在此找到了安慰情绪的良方。我沿着石板桥走着，闻到自沿街小屋中飘出的阵阵油香，便寻味而去，在一处三开间的店面前站住了。那店上方正挂着招牌“美佳乐卤菜馆”。我想：这莫非就是老潘所说的那家店？果然不出我所料，进店后看到那水牌上写着“老严酱鸭每只80元”。我毫不犹豫地买了两只，当班师傅很客气地问我要不要剁碎，我想给老潘带一整只，自己的一只可以剁一下。我就跟师傅说一只剁，一只整只带回。那师傅手起刀落，把一只酱鸭剁成两份，切配装在塑料盒内，刀面整齐，功力非凡。塑料盒外套塑料袋，另一只也放在一只袋中，最后给我配一只方方正正的纸袋，几样东西放在一起给我。这家店光是服务就让我心服口服。

中午时分我已赶回苏州，直奔老潘家，把酱鸭送上。他家刚要吃饭，老潘见此酱鸭，欣喜若狂，连说："来得正好，马上吃！"那日午饭后我正要去午睡会儿，门铃又响起，开门，老潘又来了。坐下后，我问他酱鸭味道如何，老潘一个劲儿说好吃，说此鸭子与苏州酱鸭不同，苏州酱鸭用红曲粉烹制，因此为红色，而此鸭为酱油本色，名不虚传。我说震泽朋友告诉我老严酱鸭在吴江、震泽已名气不小。老严是这家卤菜店的老板，厨师出身，开着两家酒店，生意做得红红火火。老严自制酱鸭，干脆用自己的姓，称"老严酱鸭"，倒也恰到好处。他家三代祖传制鸭，他祖父经营一家祖上传下来的腌腊行兼卖水产，平时家中一直饲养大批太湖麻鸭，成熟后制成干货在自己店中出售，自产自销。鸭多时也制成熟酱鸭在店门口出售。老严父亲也是一位养鸭高手，在他手上，鸭品质提高，酱鸭制作也有适度改良。老严得其真传，他勤劳好学，把祖传养鸭、制鸭秘籍领会、贯通，经过多年奋斗，自己创出一片新的天地。现在，老严已是吴江餐饮界的名人。他家的酱鸭，采用活杀太湖麻鸭，鸭肉质精肉多、肥油少，宰杀出水，烹制时用十多种香料、中药材配制成调料，又加入酱油、葱、姜、黄酒、盐、白糖等多种作料，另加入猪骨、鲜肉皮等煮烧一小时，并焖、焐多时。出锅后把鸭沥干，浸在百年老卤中，待冷后捞起。此鸭色泽暗红、光亮油润、鲜香扑鼻，切上一块送入口中，那鸭肉油香味盈满口腔，在咬嚼中，鸭肉与老卤特有的香味在唇齿间回荡，食客可尽享鸭肉特有的鲜嫩。老严制鸭家传"配方"最突出之处，是按季投入不同配料，使其酱鸭味一年四季，季季不同。

老潘听我一番评说后，微微点头，在口袋中摸出一张百元钞票给我，说要付酱鸭钱，我当然不肯收，因为老潘平时总会带上一些好东西给我分享——他常会赶东赶西买些好吃的回来，如山塘街的猪头肉、中市街的盐水鸭、皋桥的熏肠肚、葑门横街的油氽小杂鱼等。有一次他竟赶到昆山，就为买一只“爊鹅”，还分了半只给我吃，更别说那些零散糕点、小食。我们共同的爱好是“吃肉”，特别是吃陆稿荐五香酱肉，我时不时下班回来带上点与他分食。我俩会各盛一碗白饭，碗底放上酱肉，各自倚着自家的门框，相对着，伴着吃，吃得“油光满面”，对视时哈哈大笑——吃得开心呀！老潘每天早晨都要到公园去吃茶，风雨无阻。在那些苏州茶客中总有一些与我一样爱吃的人口口相传着苏州哪里有好东西吃，哪里有“时鲜货”上市。老潘总是乐此不疲地奔波，寻找美味，并与我分享。他真是我在美食上的一位挚友。

当我自己走上讲台，别人叫我华老师、华校长时，我脑海中总闪过杭老师的身影。我从教时间不长，担任老师的日子里，我都以杭老师为榜样搞教学，切身体会到做老师不易，做一个好老师更难，这个职业值得敬佩！

我的老师杭炳森

我的老师杭炳森，今年已八十岁了。他个子不高不矮，精神矍铄，腰板硬朗，神态慈祥。他那充满着智慧的脑袋上头发稀少，所以他出门时总爱戴帽子。他早已“桃李满天下”，如今在家颐养天年。他老伴多年前病故，所以现在他与女儿生活在一起。我与老师年龄上相差十岁，也退休在家。上次在学校校庆班级活动中相遇，勾起了我与杭老师在学校相处的记忆。回想我的学习生涯，唯一能让我印象深刻的老师也就是杭炳森老师了。

1963年我考入苏州市第二中学，杭老师是我的数学老师，又是班主任。那时杭老师正年轻，风华正茂，全身心投入教学，废寝忘食地工作。但那些年头我在学习上一直处在“休眠状态”，学习对我来说是一种负担，我不知学习是为了什么。年轻时的我把更多精力放在各种活动上，有时还会“想入非非”，思想一直集中不起来，因而学习成绩一直起不来。那个时代没有多少娱乐活动，物质生活也贫乏，大人们为了生活四处奔波，只要孩子们能上学、有书读就好了，不会有更多的时间来关心他们的学习情况。我的性格又外向好动，整天沉浸在各种体育活动中，初中时热衷于打乒乓球，高中时酷爱打篮球等，好像总有使不完的劲。相比学习，各种体育活动对我来说更具吸引力，我把大部分时间都消耗在各类活动中。

杭老师似乎看出我在学习上的毛病，曾针对我的情况找我谈过一次，他语重心长地说："你喜欢体育活动我不反对，但要把主要精力放在学习上，做一个德、智、体全面发展的学生。"老实说，当时我对杭老师的教诲也似懂非懂，只是信任老师，相信老师说的没错，暗下决心不辜负老师对我的期望。此后我减少了各类活动，学习成绩也略有起色。

我与杭老师相处时间不长，就高一一年的时光。我升入高二后，杭老师因另有重任离开了学校。我高三时，他以学校教导处领导的身份重回学校。1966年，我高中毕业，正准备考大学时，"文革"开始了，学校"停课闹革命"，高考也被取消了，导致我在学校被拖了两年。1968年底，我就去昆山巴城插队务农了。但不管我人在农村还是调回城市参加工作，我一直在打听杭老师的消息。听说，那段时间他去了景范中学，在景范中学担任校长，过了不久他又调去新苏师范当校长。他在搞好教学工作的同时，把那里的校办工厂办得风生水起，使学校教职员工生活水平都得到大幅提高，是一位深受学生、教师爱戴的校长。后由于多种原因及体制上的变化，杭老师的学校并入苏州职大，杭老师也一直在苏州职大工作，直至退休。

杭老师是一位教育有方的老师。我虽数学成绩不佳，但最爱上他的数学课。杭老师教学经验丰富，备课充分，讲解数学从易到难，开发学生对数学的兴趣。他口齿清晰，板书工整飘逸，一堂课下来总是满满一黑板，粉笔在他手上总是不够用。他书写板书时的沙沙声响与当时的形象，我至今还历历在目。他用粉笔书写的文字清隽工整，具有自己的个性，即便是最简单的阿拉伯数字、数学公式，在杭老师笔下也堪称完美，那撇、捺、钩、折，都带有一种书卷气。杭老师的口齿、语气，把数学课上得如同语文课；他的优美板书，把数学课上得如同美术课。这一切都是那么有吸引力。我班同学中有不少人模仿杭老师的笔迹，写与他相仿的字体，这事在班上、学校一度传为佳话。

杭老师在担任我班班主任期间，多次组织我们下乡劳动锻炼。我们曾去过昆山城北同心、娄葑乡板泾，与那里的农民一起生活、劳动。杭老师在各样劳动前都是率先示范，与我们打成一片，他践行着教育家叶圣陶先生的那句名言："先做学生的学生，再做学生的老师。"这些劳动锻炼看似平常，但组织实施中有很多具体细致的工作要做，由此可看出他是一位极有组织能力，既细心又认真工作的班主任。学生们从劳动生活中得到了锻炼、启发与感悟，对质朴的农民及农村劳动生活有了一定认知，增长了不少社会知识，为今后走上社会打下了一定基础。多年以后，当我回想起这些劳动生活的场景时，我深刻体会到"班主任"这个词背后的含义—— 他不但教你文化知识，更引导你的人生走向。

在当时的苏州市第二中学，我们这个班一直是政治觉悟高、学习成绩领先的班级，到1966年毕业时，班上就有三位同学是中共党员，过半数的同学为共青团员。在那段青春岁月中，我心中也有目标，有向往，但我在班上不是优秀学生，更不是乖巧的孩子，只是老师对我不离不弃。我心知肚明，“三尺讲台度春秋，一支粉笔写冬夏”，这是老师的真实写照，杭老师等老师陪伴我们完成那段高中学业，给我带来知识与快乐，充实我的人生。想起我的老师，我总是感激不尽。日复一日，年复一年，我曾一度担任苏州市商业技工学校的老师、校长，就像歌中唱的“长大后我就成了你”。当我自己走上讲台，别人叫我华老师、华校长时，我脑海中总闪过杭老师的身影。我从教时间不长，担任老师的日子里，我都以杭老师为榜样搞教学，切身体会到做老师不易，做一个好老师更难，这个职业值得敬佩！如果说我的职业生涯还算有所建树的话，那么这一切都是杭老师给的，因为我传承的是他的文化基因。

美食家们一起守候美食，他们乐于分享，升华吃食的精神境界，给人带来美食和精神的享受——从本质上而言，美食除让人吃饱外，还惠及人们的身体及精神，就像我，吃到佳肴，在醉余、梦里仍呼唤着美食。

守候美食的人

蒋洪先生出书，我真为他高兴。大数据时代，纸媒行业日衰，书刊读者减少，蒋先生仍执着写文、编书，着实可敬。其实他与我一样喜欢美食，喜欢书籍，出书是传播知识的一种途径，更是对某事物情结的表露，喜欢者读之，不喜者可弃之，各爱各的。闻一多先生曾说，一个人可以无师自通，却不可无书自通。书的作用在这里被闻先生说了一个明白。

蒋先生是我的入室弟子，我俩在2007年恩结师徒，还举办了一个拜师仪式，从那后有句话说："蒋好汉拜华英雄门下了。"我们师徒之间有约在先，约定各自为对方要出的书写序。我那本已出版的《食鲜录》的序就是蒋洪所撰，现在该我为他的《寻找美食家》一书作序了。这种"俗约"反映的是我们师徒间对对方的欣赏，也不难看出我俩对美食追求的一致性，说到底那是一种真正的亦师亦友关系的体现。

我与蒋洪结缘于2005年的吴江太湖美食节。那时他在吴江市旅游局工作，也是一位宾馆评星系统的“星级评审员”，掌握着饭店规模、服务质量、管理水平等的评定标准。随后我俩在多次美食节庆、饮食文化研讨、美食品鉴等活动中走到一起。他组织各类美食活动时，工作踏实，在许多环节上与我的想法一致，有时还能制造一些“亮点”，为我所赏识。正如《易经》所说：“同声相应，同气相求。”在美食文字工作上，他比较灵活，善写能编，特别在新媒体一块上——他在网络上已拥有几十万粉丝。他主编的《水韵吴江》，宣传吴江地区旅游资源、人文景观及风味美食，是一本深受旅客读者喜欢的刊物。长期以来，他一直关注苏帮菜的传承与创新，挖掘整理出一大批吴江传统美食美点，是一位不可多得的美食文化创意者。

在这本《寻找美食家》中，他将以吴江地区为主的美味佳肴收录其中，文字涵盖信息量大，涉及美食面广，组织结构自然，分“节气美食”“乡愁”“吴越文食”“寻找美食家”等篇章，全面细述吴江美食，他以朴素的文字、流畅的笔法，结合历史考证、烹饪原理，把这些美食形象地展现在读者面前。他笔下的吴江美食从岁月中走来，严守着时令习俗，处处显现吴江从农耕社会一路走来的痕迹——吃食伴随着节气，时令催熟着美食。我读过他写的许多美食文章，都非常欣赏：他对某一美食的叙述往往是游离在美食之外的，更多融入了自己的情感、见解。这些感知如同唱戏，把前戏唱得很足，而美食只在文章末点到为止，留出空间让读者自己去理解，进而转化为自己的感知。因为他把味觉上的感受转化为笔下文字时，清楚地知道读者一定比自己更聪明。

蒋洪先生对美食的执着守候，似乎永远自得其乐。多年来，蒋先生一直担任吴江吴越美食推进会的会长，我也被他请去当推进会的“战略顾问”。在他的领导下，吴江地区美食活动一直红红火火，随之而来的是吴江各乡镇传统名菜、名点纷纷走出农家大院，登上饭店、酒家的餐桌。在挖掘传统美食上，蒋洪先生力排众议，以惊人的毅力复原“莼鲈之思”等历史名菜。吴江美食“莼鲈之思”，出自历史上一个有名的典故：西晋文学家、吴江人张翰，因思念家乡的莼羹、鲈鱼脍，“遂命驾而归”。此菜后成为“思乡之情”的一种表达方式，成为中国餐饮史上的经典。经过蒋洪先生的认真研究和挖掘整理，此菜得以完整复原，在吴江上市，由此他与古人张翰结缘，经高人指点，自号“季鹰乡亲”。

吴江地处太湖之滨、运河之畔、吴根越角，蕴藏着丰富的特色食材，有些食材真叫人拍案叫绝。那些“只此一家”的食材四季应时而出，从历史记录看，有著名的平望莺脰湖银鱼、汾湖紫须蟹、同里湖鲈鱼、松陵莼菜等，文人赞云：“绿杨深处卖银鱼”“渍蟹姜芽敛手辛”“以篙秋水脍鲈肥”“垂虹亭畔莼丝美”。除此以外，吴江各镇还有许多名小吃，油墩、松糕、套肠、闵饼、黑豆腐干、酱菜、熏豆茶、香青菜等，真是琳琅满目。蒋洪先生利用这些食材策划了四季宴、运河宴、蟹宴、鱼宴等，把吴江美食文化推向了一个新的高潮，推上了一个更高的层次，使吴江美食得到了消费者的赞美、老饕的热捧。如果把吴江美食比作唱歌的话，以前只能唱单曲的吴江美食，现在在蒋洪总导演的指导下已可表演整幕歌剧了。

此书名为“寻找美食家”，因作者心中放不下的是美食的推广，他一直在寻找美食知音，寻找美食路上的拍档。在我国历史上，曾出现多位著名美食家，宋代大诗人苏东坡就是一位名副其实的美食家，他自制的“东坡肉”流传至今，为人所津津乐道。元代大画家倪瓒散去所有钱财，游走在太湖一带，撰写了《云林堂饮食制度集》，其中的烧鹅之法因被袁枚冠以“云林鹅”之名而被人称颂。清代袁枚，人称袁才子，他撰写的《随园食单》为中国饮食史上的经典之作。近代苏州美食家当属陆文夫先生了，他把苏州美食撰写在小说、散文中。这些著名美食家都具有敏捷的头脑、敏感的舌尖、灵巧的双手，笔下生花。他们爱吃、善吃、能写，把那些美食中的意境书写下来，抒发自己的情感，又能借题发挥出人生哲理，随之又如实写下那些美食制作要点，告诉大家吃法，这些是美食家的情怀、乐趣。“寻找美食家”之意是更多地发现美食家，培养美食家。在这样一个过程中，能遇到自己在美食上的酒朋诗侣，发掘出更多美味佳肴。

美食家们一起守候美食，他们乐于分享，升华吃食的精神境界，给人带来美食和精神的享受——从本质上而言，美食除让人吃饱外，还惠及人们的身体及精神，就像我，吃到佳肴，在醉余、梦里仍呼唤着美食。

他妻子对我说，平时金洪男在家是不烧菜的。今日一反常态认真做起菜来，使得他的两位千金雀跃欢呼，这顿晚餐吃得其乐融融，吃得称心满意。厨师都是善良的，他们总把世上最美好的食物通过自己的烹饪奉献给人们，给人快乐。

洪男拜师

金洪男是苏州餐饮界一名职业厨师，科班出身，毕业于苏州旅游职中（即今苏州旅游与财经高等职业技术学校）烹饪班，在苏州几家大饭店当过主厨，后转于新梅华掌勺。几十年厨艺生涯造就他高超的烹饪技艺，使他成为中国烹饪大师。他还是善正鑫木餐饮公司的总经理，近期又任苏州市烹饪协会会长，在餐饮江湖上地位节节攀升。他热爱生活，爱自己的烹饪工作，业余时间则用来看书、写字、画画，是一位颇具艺术修养的厨师。

有一日，金洪男打来电话约我去他在木渎影视城旁的新家吃晚饭。他在电话里告诉我，“最好就在这个星期周末”，那天他休息，而且他家人都在。我还在犹豫中，想回答去不了，但总得想一个说辞，此时正在一旁听电话的老伴接过电话大声说：“好的，到时我们来。”我瞪着眼对我老伴说：“不关你的事，抢着答应。”她却理直气壮地说："你的事就是我的事！"口气似乎比我还硬气。

那日我们如约而至，车到他家小区后一路找来，虽然知道门牌号码，无奈那个小区的道路、房屋太雷同，我们费了不少周折还是找不到目的地，最后只得打电话"求救"。金洪男于是迎出门，接我们到他家。一进门，他妻子热情地打招呼，他家两个可爱的女儿也上来叫"爷爷、奶奶"，使我倍感亲切，像是到了家一样。他的新家坐落在小区一条小河旁，是坐北向南的联排别墅，风水极佳。进门一楼为起居室、客厅，二、三楼为卧室，整幢房屋装饰明快、简洁、大方，点睛之笔是墙上挂着的那些书画屏条，负一楼为金洪男的书房、画室。别墅朝南一面连着一个花园，湖石、水池、花木、雕砖、曲廊设置典雅古朴，颇具旧时苏州大户人家的风韵。一个厨师白手起家，不断拼搏，现在居住大宅，过上了幸福的生活，印证了习主席讲的"幸福是靠打拼出来的"这句话。

那晚的菜数量多、味道好，金洪男亲力亲为，自己动手烧制。他妻子对我说，平时金洪男在家是不烧菜的。今日一反常态认真做起菜来，使得他的两位千金雀跃欢呼，这顿晚餐吃得其乐融融，吃得称心满意。厨师都是善良的，他们总把世上最美好的食物通过自己的烹饪奉献给人们，给人快乐。

那晚的一盆糖醋排骨最让我感动，让我吃到了多年前我在松鹤楼学艺时的老味道。那些深褐色又显微红的排骨堆放在一只洁白硕大的瓷盆中，显得十分庄重。排骨上包满了酱汁，吃上一口，肉香满口，排骨肉松软、略有韧劲，酸甜适中，在咬嚼中又有一丝丝咸鲜味，还能咬嚼出排骨的津津汁液，口感丰富，令人陶醉。席间，大家你一句我一言夸奖金洪男烹饪技术好，做的菜肴可口。不一会儿，他从厨房中端出一只海碗，碗内盛放着一个热气腾腾的大鱼头。此鱼头汤，汤色乳白，整只鱼头上面撒着翠绿香菜末，清香扑鼻，鱼头两侧存放着白色鱼圆、红色虾蟹，汤底还有蚬子。我知道这鱼头汤是金洪男的绝活，说起来也正是因为此鱼头汤，我才认识了金洪男。

早在十多年前，苏城南边有家“新梅华”，那里因供应千岛湖鱼头汤，远近闻名，不少食客纷纷前往品尝。一次我约了几位食友前去品吃，那时新梅华在吴中区苏苑饭店附近，店虽小但生意红火，当家的是单三男，一个精明又善于管理的老板，掌勺的就是金洪男，他俩一个主持外场，一个主持里场，配合默契。他们推出的千岛湖鱼头汤，鱼直接从千岛湖送来，养在门口的一个水池中，顾客可自由挑选。那天我挑选一条最大的鱼做鱼头汤，要求鱼尾做红烧甩水，中间鱼段任由厨师摆弄。不久开始上菜，最先上桌的是红烧甩水，虽然此鱼鱼尾没有青鱼尾那样肥腴，但也烧得可圈可点，鱼尾被整齐地割成六条，色泽枣红，鱼肉嫩润，鲜美可口，带着一点点苏式的甜味，深深打动我的味蕾。主菜乃是一海碗鱼头汤，汤色洁白，味道鲜美。厨师巧用中段的鱼肉制成鱼丸，盛放在汤中，汤中另配着小虾小蟹，此鱼头汤一改过去苏式鱼头粉皮汤的制法，较之提升了一个档次。我一边吃着鱼头汤、鱼丸，一边想：这里的厨师真会动脑筋，利用食材特点，把一条鱼分段取用，物尽其用，恰到好处。食毕，老板单三男请金洪男大厨出来跟我见了个面，这是我与金第一次见面，他给我留下一个好印象。想不到今晚在他家还能尝到这一手他早年的绝活——鱼头汤，这使我又想起他与我的一些旧事。那晚我老伴吃得满心欢喜，少不了在桌面上数落我在日常生活中的一些欠事，有时引得大家哄堂大笑。我也没法，只要大家开心就好，有句话说得好：能使你所爱的人快乐，是世上最大的幸福。

席散了，金洪男送我俩出门，在门口他郑重地跟我说："我在餐饮业辛苦干了几十年，我从小没有父母，一直想拜您为师，您看怎样？"此话一出，我深感突然，正想回答他让我考虑一下。我老伴又插上话，大声说："好的，好的，我答应。"说完她与金洪男相视一笑。此时我才恍然大悟，今晚此宴真乃"鸿门宴"，是我老伴早已设计好的"拜师宴"。金洪男拜师走的是"夫人路线"，捏住我的"死穴"，夫人定好调子，我执行罢了，但我心里认定："此生可造也。"

后来，金洪男选择在新区一家新梅华店里举行正式仪式，拜我为师了。

刘锡安大师一生获奖无数，有许多名誉、头衔，但身为『非遗』项目代表性传承人的他仍孜孜追求，为的就是发扬奥灶面，使其能够永远传承、发展下去。

奥灶面与刘锡安

昆山奥灶面历史悠久，闻名遐迩，被誉为“华夏第一面”，其中又以红油爆鱼面、白汤卤鸭面最为著名。中国烹饪协会授予昆山奥灶面“中国名小吃”称号，商务部将其列为“中国十大面”。一碗红油爆鱼面，一碗白汤卤鸭面，一直是昆山的美食品牌，也是昆山的美食名片。奥灶面传承苏州的历史文化，承载苏州人的饮食生活情趣。

据说，乾隆十二年（1747）九月二十九日，皇帝曾沿娄江南下，途经昆山，品尝了红油面，食毕赞不绝口，并派太监总管详加询问，得知红油面的烹煮特色后，乾隆哈哈大笑，称道：“奥妙之灶头，灶头之奥妙！”相传，明末清初，清军围昆山，昆山人民合力拒敌，奈何城破民散，当地学者顾炎武常以卤鸭面为食，举杯独饮，借酒消愁。清末昆山柴王弄有一位举人，他几乎每天都要去吃碗红油面，丰富自己生活，追求美食情趣……种种历史故事，表明昆山的红油、白汤两碗面是极负盛名的。

奥灶面都讲究“热汤”“热面”“热浇”“热碗”“热油”五热一体，其原汁原味、香味浓郁的关键就在“热”“原”这两个字上。红油爆鱼面、白汤卤鸭面对原料要求高。红油爆鱼面的鱼要选肥壮鲜嫩的青鱼，一般选六七斤以上的活青鱼，另要精选其他水产品和禽类等配料同作爆鱼面的原料，鱼面因此有鱼香，汤鲜味美，爆鱼脆香可口。白汤卤鸭面的鸭也很讲究，要选昆山特有的大麻鸭——在每年的中晚稻登场之际，鸭群宿田，新谷活食，吃得膘肥体壮。最合适的麻鸭，重五六斤。烧制卤鸭，下锅时要保持汤清，注重火功，并根据气候状况用热汤浸泡或冷汤浸泡。烧制好的卤鸭皮肉雪白，味香至骨，吃鸭面时鸭香扑鼻，汤清味醇，鸭肉酥烂、味鲜。

在与奥灶面风雨相伴的半个世纪中，刘锡安大师经过坚持不懈的努力，成为中国烹饪名师、大师、国家级评委、中华金厨奖得主、“非遗”项目代表性传承人。为使昆山奥灶面后继有人，刘锡安先生在昆山当老师，从理论到实践，都亲自教授，培养了四百多名徒弟、学生。为了使奥灶面能走出昆山，走出国门，刘锡安曾在上海老城隍庙、又一村酒家、长江饭店，苏州胥城大厦、石路宴月楼、新城花园酒店、东山雕花楼宾馆，以及张家港、常熟、太仓、吴江、无锡、常州、南通、镇江、南京、徐州、淮安、天津、广西等地和匈牙利、俄罗斯等国亲自传授奥灶面的烹饪技艺。

刘锡安先生不仅传艺，而且把“活到老，学到老”这句话作为自己的座右铭。他经常去苏州、上海、南京等地的各大中西名店学习深造，不断提高自己的烹调技术，所以才有了今日红白案全能的技能。

刘锡安大师一生获奖无数，有许多名誉、头衔，但身为“非遗”项目代表性传承人的他仍孜孜追求，为的就是发扬奥灶面，使其能够永远传承、发展下去。他每天从早到晚工作不断，不断提升面、汤质量。目前已经有很多客户订下了加盟“刘锡安大师奥灶面”连锁店的计划。他坚持亲力亲为，注重奥灶面饮食的科研技术，提升品位，目前已研发成功“浓缩高汤”这一技术。刘大师正宗奥灶方便面、昆山著名爊货系列食品等正在筹备之中，到时将能满足苏州及全国消费者的需求。

汪成从不忌讳人家说他是食堂『炊事员』，有时反而引以为荣，颇有点『咸鱼翻身』的感觉。他又称自己是庙中的『小和尚』，天天在食堂『撞钟念经』，心中许下愿，将来必成大师，弘扬食道。

汪成师傅

早年间，汪成是一位食堂里的厨师，行业中称他为“炊事员”，此称呼与烹饪大师相比有天壤之别。汪成从不忌讳人家说他是食堂“炊事员”，有时反而引以为荣，颇有点“咸鱼翻身”的感觉。他又称自己是庙中的“小和尚”，天天在食堂“撞钟念经”，心中许下愿，将来必成大师，弘扬食道。

汪大师早年在农场务农十年，其中六年是在农场食堂里度过的。返城后，他被分配到苏州长城电扇厂工作，原本可去车间当工人，但他又一次选择到食堂当炊事员。他胸怀一颗热爱烹饪的心，立志要成为一位出色的烹饪大师。汪成在食堂工作勤恳耐劳、专心致志，制作食品时的他，就像农田中精耕细作的农夫。随后他发现自己的烹饪技术远远不够，就主动提出要到外面社会上“寻师访友”“学取真经”。经领导批准后，他到黄天源学习苏式糕团制作，到松鹤楼学习苏帮菜烹饪技法，又去糕点厂学习茶食糖果的制法。学习期间，他一天当两天用，别人下班了，他仍坚持在岗位上勤学苦练，深得同行师傅赞叹。经过一年半的刻苦学习、潜心钻研，汪成锤炼出一身本领。

学成回厂后，汪成在食堂做得“风生水起”，各式菜肴、时令佳点频频与工人们见面，因做菜品种多、口味佳，汪成得到领导、同事交口称赞。汪成除在食堂工作外，空余时间经常像小贩一样，“走街串巷”，在苏城街头巷尾寻觅小吃点心，与民间制作点心的高手结为好友，切磋技艺，从中汲取烹饪技术“营养”，因而他在制作民间小吃方面，有独到见解。有烹饪天赋，加上后天勤奋努力，汪大师出品的苏州小吃，品种多样，口味纯然，特色浓郁，其中挂粉汤团、苏式汤包、苏式方糕、苏式月饼、加虾烧卖等尤佳，汪成也在省内外及全国烹饪大赛屡屡获金夺银，因而声名大震。尽管有一定江湖地位，他仍保持朴实本质，没有那种“平步青云”的感觉，仍脚踏实地在食堂工作。

我与汪大师认识时他还在电扇厂食堂工作。一次，得月楼菜馆著名白案大师朱阿兴在苏州美食节上表演制作他最拿手的苏式船点“枇杷园”。这款点心借用苏州拙政园内枇杷园的意境，用米粉、糯米粉等制成。那天我一直在表演现场，朱师傅“正襟危坐”、面容慈祥、动作灵活，站在他一旁戴着眼镜的小青年为他“搬前忙后”，时不时还搭上一把手，俩人配合默契。朱师傅看我对这位小青年投以陌生的眼光，就轻轻告诉我：“这是我新收的徒弟，在电扇厂工作，叫汪成。”又说道：“小赤佬肯吃苦，要学。”从那以后，汪成走入我的视线，又逐渐成为行业活动的积极分子，后来，汪成在朱师傅那里学到制作苏式船点的“真经”及制作苏式点心的“秘籍”。

在苏州经济结构转变调整中，电扇厂走下坡路，汪成也从电扇厂调入市府机关大院食堂工作。机关食堂对菜品要求更高，要求菜点翻新快，时不时还有一些“政要”宴请，而这些对汪大师来说都已“轻车熟路”了，但他总觉得自己技术不够，愈发虚心学习，只要觉得同行哪款点心做得好，他必去学习，他还远赴上海、南京、扬州等地造访白案大师，恳请他们为自己“指点迷津”。不断的学习，让他得以博采众长。

一次我在市府机关大院开会，会后在大院内碰上汪大师，他拉着我，非要我去食堂尝尝他刚出炉的鲜肉月饼。那月饼酥皮脆松、馅肉汁多、鲜香味美，口感层次丰富，我一连吃了两只，直呼“灵光”，最后连手心中碎屑皮一起倒入嘴里，吃得满心喜欢。

多年前汪大师与他儿子在城南开了一家苏式面馆，供应各式传统汤面及苏式“件头点心”，凭着汪大师的声誉，一时生意兴旺。难能可贵的是这家店还供应阳春面，售价仅三元。许多老苏州纷至沓来，我也乘兴前往，为的是吃上一碗正宗的阳春面。那次吃到的阳春面保持传统口味，一坨板油融化在高汤中，从焖肉中提炼出来的“助汁”，加助了汤的鲜劲。蒜叶翠绿、面条洁白，品吃这碗面，我吃出了不少旧时回忆，品味到了时光。

汪大师平时待人诚恳，微胖的脸上戴着眼镜，总是一副乐呵呵的样子，他大肚微微隆起，走路永远那样随意。在我看来，他永远是那副“炊事员”的模样，让人尊敬。汪成就是这样一位上进的“炊事员”，在烹饪事业上不断探索，苦心追求，终成大师。他现为中国资深烹饪大师、高级技师、苏帮菜制作技艺第三代“非遗”传承人。

人要执着，方能有所成。

有道是：『三百六十行，行行出状元。』田建华就是从『油腻饭』行业里走出来的『状元』，而今田建华身为中国资深烹饪大师、高级烹调技师、苏帮菜『非遗』传承人，头顶桂冠，光芒四射。

油腻饭

在苏州，人们常把做餐饮行业的人说成吃“油腻饭”的，或许带有一点贬义，却也说得较为贴切。有道是：“三百六十行，行行出状元。”田建华就是从“油腻饭”行业里走出来的“状元”，而今田建华身为中国资深烹饪大师、高级烹调技师、苏帮菜“非遗”传承人，头顶桂冠，光芒四射。

四十多年前，我与田建华一起从昆山返城。作为知青回城参加工作，在当时是十分幸运的事。那时派工作是不可自行选择的，我们从农村返城已非易事，心甘情愿接受组织调派，派到哪里就安心在哪里工作。接受我们这批知青回城参加工作的是财贸系统部门，后称商业局。

田建华被派到新聚丰学做厨师，我却被派到松鹤楼当一名服务生。我们虽在同一行业，但工种不同，用现在的话说，我在前台（堂口），他在后台（厨房）。随后我俩在吃“油腻饭”的道路上一路奋发，风雨无阻。

田大师在新聚丰做了三个月厨房小工，随后被派往苏州烹饪培训班学习烹调技艺。他勤学苦练，凭着一股在农村磨炼出来的吃苦耐劳的精神，苦练基本功，烹饪水平大有长进，技艺进步神速，加上他天资聪慧、心灵手巧，所以他比其他学员学得好、学得快，深受师傅、老师们喜欢。临毕业时，在一次全班组织的“切肉丝”比拼中，田建华脱颖而出，拔得头筹。他把肉丝切得粗细均匀、长短一致，其程序、刀法也步步到位，初露锋芒的他，从此与菜刀结下了不解之缘。“天生我材必有用”，烹饪班毕业时，市政府“外事组”优中选优，选中田建华，并派他去南林饭店学艺。

进入南林饭店后，田建华有幸结识了江南厨王吴涌根大师。在日积月累的生活、工作中，吴大师十分欣赏新来的这位田建华小师傅——他总在厨房里埋头苦干，不计时间，不说劳累，有时紧跟吴大师学做菜，在厨房里帮助吴大师切、配、烧、蒸、洗锅、擦地等，样样都做得井井有条。有一天，吴大师对店领导说：“田建华此生可造，我愿收他当徒弟。”恩结师徒后，田建华在学习烹饪技艺的同时，也学吴大师做人的态度：待人诚恳虚心，不忘根本。他常说自己是“一个烧饭师傅，吃‘油腻饭’最要紧是把饭烧好”。吴大师也把自己的技艺悉心传授给徒弟。师徒俩在南林饭店厨房里配合得得心应手，菜肴、点心佳品频出，深受中外宾客及领导好评。在苏州，曾有“吃在南林”之说。

在长期厨师生活中，田建华练就一身高超本领，他善于将传统苏帮菜的制作技法与现代烹调方法相结合，创新发展苏帮菜。他的刀功尤其出色，扎实的基本功，加上吴大师指点，田建华师傅的刀法越加精湛。他还善于观察生活，热爱艺术，终于有一次，他的“十八般刀法”得以发挥展示。那一天，南林饭店接待一批日本客人，其中有一对新婚夫妇。当日宴请，田大师制作的艺术冷盆“鸳鸯戏水”惊艳四座：一雄一雌两只鸳鸯相随不离，色彩鲜艳、栩栩如生，意为“百年好合，钟爱一生”。日本客人对着冷盆久久不肯动筷，看了又看，夸奖此冷盆如同艺术品一样，最后还将冷盘拿回房间欣赏了大半夜。

田建华师傅在制作艺术冷盆的道路上永不满足，在那只鸳鸯冷盆大获成功后，他又对其做了进一步改良提升，使鸳鸯从平面到立体，动感十足，色彩观感更加强烈。他又多次制作了其他艺术冷盘作品，如金鱼冷盆、凤凰冷盆、蝴蝶冷盆，等等。

在餐饮界，大家都知道做好冷盆靠的是刀法，除了片、丝、丁、块等基本刀法外，还得配上各色花刀法，同时还要使冷菜食材入味，也就是要好吃，又要好看。田大师善用刀法，“刀随味定”，突出刀法的主料和辅以花色刀法的副料相得益彰。刀法不仅是表演，更要使菜好吃，他常说：“做艺术冷盆要做得既好看又好吃，不要做那种好看不好吃的、哗众取宠的冷盆。”田大师有段时间被派往中国驻日本领事馆烧菜，他还多次前往东南亚各国交流厨艺，这些经历，使他视野开阔，烹调技艺又上一层楼。

二十世纪八十年代，我在松鹤楼担任经理之职，上级领导要求我以松鹤楼厨师为主组成一个苏州烹饪代表队参加江苏省首届“美食杯”烹饪比赛，我首先想到的是把田建华师傅组织进来一起参赛，但有人提出不同意见，说田师傅在南林饭店，属外事系统，不在商业系统内。我力排众议，摒弃“门户之见”，把他组织进队，果然在那次大赛上，田大师的“鸳鸯冷盆”喜获金奖！二十世纪八十年代末，我在市饮服公司主持工作，上级机关派来一个重任，要我们公司组织一支烹饪队伍，代表中国队参加在新加坡举办的烹饪技艺大赛。这次大赛组织了来自三十多个国家、地区的烹饪队伍，规格非常高。我仍然想到请田建华师傅一起组队参加，于是“三顾茅庐”，到南林饭店、旅游局、其他相关部门商借田师傅。光荣代表中国队参赛的田大师不负众望，在冷盆比赛中以一款“大鹏展翅”获得冷盆类金奖。二十世纪九十年代初，我已到商业局担任领导，我又一次组队，他又随队。这一次，苏州队在第四届全国大赛上获得团体金奖。在行业里，田建华大师被称为“金牌专业户”。我就像电影导演，每每挑选演员时，田大师总是我影片中的“主角”。

人在世上走一回，可能难得有几位知己。在我的人生道路上，田建华师傅是我的知己。我比他大几岁，因此他见我时称我“老兄”，有时在场面上称我“领导”。但我永远都把他看作知己、兄弟。

许多年以后，我俩都到了退休年龄。我在市烹饪协会主持工作，更多精力放在苏帮菜的传承、创新上，又创办了苏帮菜大师工作室，田大师又一次被我请“出山”来，成了大师工作室的主力。我俩有时在相关饭桌上见面，田大师仍像以往一样不声不响，似乎不善言表。但我心知肚明，他仍在不断学习人家菜品的装盆、刀功、火候、口味，把那些好的菜肴作品留在心中，借鉴自用，同时思考着苏帮菜的发展。他身体力行，做一个“烧饭师傅”，热爱在厨房里不厌其烦地制作各色各样的菜肴，一心只想把饭菜烧得更香。我曾多次在苏州金都饭店、太仓陆渡宾馆等多家饭店、酒店内见到他。他总是乐呵呵的，穿着白色工作服从厨房里走出来叫我“老兄”。

我知晓，他吃了一生“油腻饭”，最割舍不下的还是厨房里的那一片天地，这可是他“人生沙漠”里的绿洲。

胡天如先生喜爱书画、善口技、懂鉴赏古董，养鸟、练字、习武等生活上的积累丰富了他的评话艺术生涯。他是一位画家，更是一位评话艺术家，是苏州评弹史上一位不可多得的评话大家。

评话艺术家胡天如

在苏州的评弹演员中，胡天如无疑是位评话大家。虽说他是嘉兴评弹团的团长、嘉兴市曲艺家协会主席，但他长期生活在苏州。评弹是苏州地方剧种，无论你在哪里说书唱评弹，对苏州人来说都是自己人。如果评弹演员居住在苏州，哪怕你在南京、上海工作，都会被看作苏州人。

胡天如先生与我父母是世交，我父亲视胡天如先生为亲兄弟，他们有一个共同爱好：斗鸟，而且都是这一活动中的高手。他们饲养的鸟，苏州人叫黄头，是一种比麻雀还小些的鸟，皮毛呈棕黄色，异常彪悍善斗，有些甚至饲养很短时间即可开斗。斗鸟时把两只鸟笼并紧即开打。开打后，一些黄头鸟专会啄头，小鸟被啄得头顶开花，血流满面，有时眼睛都会被啄瞎。最厉害的一种黄头鸟叫“开脚鸟”，它啄住对方鸟爪后，使劲将对方拖入自己笼中，并用嘴磨对方脚爪，直至鲜血淋淋，甚至把对方鸟脚啄得断裂。当一方鸟痛得吱吱惨叫，另一方即获全胜。胡天如饲养的黄头鸟在他出码头说书时大都寄养在我家。我父亲当时在牛角浜28号开设华介峰齿科诊所。胡先生有时在外埠说书回苏，不是先回家，而是直奔我家，看他的爱鸟。我父亲与胡天如先生谈鸟可以谈一上午、大半夜，说得尽兴时会哈哈大笑，有时说得起劲儿，连饭都可以不吃，达到痴迷程度。

胡先生与我父亲养鸟都十分讲究，鸟笼、鸟钩、食缸都要是上品物件。他们特别讲究鸟笼衣的挑选——鸟笼衣就像人的衣服，有绣花配扣，因为有时必须把笼衣扣好，特别是生（新）鸟刚入笼时，必须使其安定，使之少见光，静养一阶段，方可上战场厮斗。

吃茶是他们每天清晨的必修课。他们常去的茶室是位于玄妙观西角门的春苑茶室，在那里吃茶的，大部分都是养鸟人。他们在那里说起各自的养鸟经，天南海北，开心至极。我记得有那么几次，胡天如先生出码头到无锡一带说《七侠五义》，我父亲一起去了。他们各带自己的鸟去玩，胡先生把日场书全部推掉，只说夜场，白天斗鸟、吃茶、谈"山海经"，还到湖边、乡村看人捉鸟，碰到对路的好鸟，随即买下带回来饲养。

还有一次，胡天如先生回嘉兴说《彭公案》，我父亲又被邀去了。他们仍然白天吃茶、斗鸟，晚上一个说书，一个听书。在这样日常的白相生活中，他俩结下深厚友谊，如同手足。我记得有一次父亲从嘉兴回来，带回嘉兴鸡肉火腿粽，而且是胡天如先生的太太亲自包的。胡太太是地道嘉兴人，烧得一手好菜，包粽子更是拿手。这回吃到的鸡肉火腿粽使我大开眼界，兴奋无比，不想天下会有如此好吃之物。想那时食品缺乏，有此粽子吃真是大幸也。

胡天如先生来去我家，就像自己家一样随意，来去都无须打招呼。他身材高大，近一米八的大个，身形微胖，肤色白皙，走起路来老是把手放在后面，反背着手。他穿着整洁，爱穿中装、白袜、布鞋。嘴中常叼着雪茄，走路微微向前冲，我们远远一看便知胡先生来了。他那种旧式说书先生的风貌一直深深印在我脑海里。

胡天如先生是一位评话演员，同时还是一位出色的画家。他十六岁师从林伯希学画，曾多次举办个人画展，在长江三角洲一带颇有影响。他擅长画人物、花鸟，特别擅长画古代仕女。他画的仕女线条流畅，形神兼备，魅力四射，颇有唐寅遗风，从中可见苏州文人的风骨。我家兄妹四人，胡先生各送过一幅画给我们。送我的那张《秋郊牧马》韵味十足，我保留至今。有时拿出来看看，追思故人，心潮澎湃。我曾见胡先生画过十款仕女图，装裱好做成一本册页，送给平江医院一位老中医。这些图细笔带彩，仕女姿态各异，有的樱桃小口，眼神含羞，韵味十足；有的衣袂飘飘，丰姿绰约。很难想象这些纤细美丽的古代仕女，会出自体形高大、臂实手大的评话演员之手。两者形象形成极大的反差，亦使人们对胡先生的艺术才华肃然起敬。

我记得胡天如先生在我家最有趣的事是那年我三弟结婚，当时社会上时兴在家里办酒席。我父亲把胡先生请来吃喜酒，待到吃完喜酒后，父亲建议胡先生说一段书。那晚胡先生兴致极高，声情并茂说了一段“武松醉打蒋门神”。胡先生说表流畅、语言幽默，而且讲究手面和身段，他起的武松角色，用“醉八仙”拳与蒋门神对打，虽然家中地方狭窄，但他真的一路打了起来。这段书中，武松要一拳打在蒋门神胸口，脚用力一蹬，口中大喝一声“去吧”。胡先生表演到此段时，我们听到啪的一声——我家地板断裂了！引得大家哈哈大笑：胡先生说书真是卖力、用功，地板都被他踏穿了。

我从小就是胡天如先生的书迷，那时我跟父亲常常去观前久安书场、临顿路四海楼茶馆等听胡先生说《小五义》《七侠五义》《水浒传》等书目，都是听得如痴如醉。1963年的有段时间，我父亲对我说：“你今年初中毕业，如考不上高中，就跟胡先生学说书吧。”有一天胡先生来我家，父亲与他说起此事，我刚好在场，胡先生说：“你个头卖相蛮好的，如要学说书，慢慢学，今后可能有出息的。”不料那次中考我考得出奇的好，以高分考取了高中。冥冥之中注定我与评弹无缘，要不然数年后评弹界就多一位评话演员了。那时，胡先生评话艺术已达到一定高度。他的说表往往与众不同——声音放得出、收得住，语言简练，易与欣赏者沟通，有较强的亲和力。他刻画书中人物，特别注重形体动作，通过身段、眼神，再结合他自己的嗓音，巧妙描绘人物情感变化，把人物塑造得栩栩如生。有的书要表现村姑，他通过扮相、形体姿态的模仿，一摆、一笑，给大家呈现一个如花似玉的美女。他的书笑料多、包袱多。在多数情况下，他都不是一本正经地说表，而是采用一种虚实结合的方法，自然流露、点到为止，给人一种自然状态，但又有极强的感染力。他的评话说表就如在和你讲话，但一旦书中出现侠义捕快施展拳脚，他便真在台上表演拳术，而且动作娴熟，一眼就能看出他是一位武术行家。

胡先生说的《大闹花神庙》是一折人物多、故事情节特别丰富的书目，其中蕴含着胡天如先生在评话中的三桩表演绝技。第一桩，说到花神庙中杂耍艺人表演小人木偶戏，他用两只拳头表演一个癞痢头和一个小人之间的厮打，配合他口技的那嘶嘶叫声，博得听众叫好；第二桩，书中有一段说笛王九十多岁高龄，由重孙搀扶上台表演，胡先生用一把扇子当笛，舌头不断吐出、缩进以示老人无齿，难以与笛洞口对准，他用自己的假声模仿笛声，吹出昆曲《长生殿》，真达到难辨真假的地步；第三桩，书中一恶煞被打破头颅，急需包扎伤口，胡先生像魔术师一样暗藏手帕，双手撩起长袍，提起袍角，配合口中撕破声，一下子撕下布条，使听众惊叫起来，真以为他把长袍撕破了，其实他手中是早已备好的手帕。胡先生口技身段、手势表演均称一流。《大闹花神庙》中三个绝技表演尤其具有感染力，使他的表演艺术形象长久留在听众心中。

胡先生还有一个鲜为人知的技能，即鉴赏古董。有些时候他跑码头说书，当地古董商就会前来请胡先生鉴别古董，一些“铲地皮”的小贩总把收来的东西给他评定，古旧书画的真假，胡先生一般都能看出。另有瓷器什件胡先生也能说上一二。

胡天如先生喜爱书画、善口技、懂鉴赏古董，养鸟、练字、习武等生活上的积累丰富了他的评话艺术生涯。他是一位画家，更是一位评话艺术家，是苏州评弹史上一位不可多得的评话大家。他对于艺术与生活的追求，可以给当代的评弹演员带来一些反思与启迪。

他常说：『活到老要学到老，艺海无涯。』现今他更加关注苏帮菜的传承与创新，努力培养一批烹饪苏帮菜的接班人，他就像『苏帮菜百花园』里的园丁，不辞辛劳地耕耘着，期盼着万紫千红、春色满园的日子早些到来。

巧师傅

烹饪大师张子平是从苏州饭店走出来的一位烹饪高手，在业界，人们常称他“巧师傅张子平”。现今他已是中国资深烹饪大师、高级烹调技师、苏帮菜制作技艺第三代“非遗”传承人，可谓功成名就。但他不想“功成身退”，仍专心做菜，驰骋在“食道”江湖上，活跃在各种烹饪大赛、美馔比拼中，他还招募了十多位出类拔萃的弟子，那是“苏帮菜阵营”中一支强大无比的“张家军”。

如果说要在现今苏城餐饮界找出一位“学霸”的话，首推的即是张子平大师了。张子平青少年时代从当时的三十七中毕业，被当时苏州市政府“外事组”选中，派到苏州饭店学艺。要知道，在那个年代，进外事接待部门的条件非常苛刻，政治上要“查三代”，学业必须拔尖，品德要优秀。他进店后学的是西餐，并拜苏州西餐第一人张美康大师为师，张美康大师身上那股旧时厨人敬业矜重的品格，以及对西餐真脉的传承，对张子平的影响很大。他专心致志学习正宗西餐，一学即十年。在这十年间，一位老张，一位小张，把苏州西餐的发展推向了一个高潮。当时流行一个说法，在苏州想吃正宗西餐得到苏州饭店。但限于苏州饭店是涉外系统，一般人进不了，一些人也只能望洋兴叹了。

张子平随师学到不少西餐、西点的烹饪方法，如那时流行的罗宋汤、牛排、芝士蛋卷沙拉以及各类西式糕点等。但他从事西餐烹调并不是一帆风顺的。那时饭店做西餐面临人手少、任务重、要求高，有时还缺少食材等情况，碰到此类难题，他总是提前做好功课，拟好菜单，夜间拜访师父（那时张美康已退休在家），请求师父指点。张美康大师对这位热心好学、勤学苦练、不辞劳苦的小师傅大为赞赏，对张子平悉心指导，把自己多年做西餐的经验、体会、手法都教与他，又把自己积累的资料、菜单交给他。张子平从师父那儿得到“真经”“秘籍”，随后他制作的西菜、西点日渐精美，备受宾客赞扬。正当他在西餐烹调领域中获得较高的成就时，饭店领导要求他转到中餐岗位上去。那时苏州饭店接待国宾外宾人数多、任务重，中餐师傅人手愈发不够，饭店领导一时找不到好师傅，只能让张大师转型。好在烹调艺术门类是相通的，张大师本身就是在中餐环境中成长的，“轻车熟路”就进入中式烹调队伍中来了。

张子平大师在苏州饭店的中式烹调岗位上一干就是三十年，他技艺超群、成绩斐然，曾主持操办过接待西哈努克亲王、泰国国王等的国宴，受到宾客、领导赞扬。有一次，他在他的“收徒会议”上展示各界名人赞美他厨艺的作品。他接待过著名社会学家费孝通，费老为他题字“精益求精”；中央委员会原主席胡厥文曾在苏州疗养三十多天，那段时间，张师傅每天尽心做菜，而且每天菜点不同，着实感动了胡老，老先生赠送他一副对联；原江苏省委书记江渭清为他题字“风华正茂”。可见当时张子平大师中餐做得多厉害。

张子平大师厨艺的提升靠他对做菜的专心、痴迷，以及“举一反三”的灵活头脑。有段时间，他被借调到南京金陵饭店工作，在那里他一面工作一面还专注于学习南京“京苏大菜”“民国小吃”的精髓，使之为己所用。又有段时间，他被派到中国人民银行在英国伦敦的驻点工作，他结合自己从事西餐、中餐的工作经验，在英国“大施拳脚”，深得领导信任，由他主持的招待、宴请大受欢迎。伦敦唐人街上一些中餐饭店的老板、大厨都上门请其帮助，张大师则热心地向他们传授中餐烹调中的一些门道，使这些在英国开设中餐饭店的老板、大厨受益匪浅。

在苏州的烹调界，大家都知道张大师为人十分低调，如果不做介绍，看张大师本人，就像小区里一个普通的邻居。退休多年，他谢顶的头上毛发稀少，宽大的额头连着头顶一片“开阔地带”，细长的脖子总带一些歪斜——他的颈脖有病，装有一块金属板支撑着，他胸前常挂着一副老花眼镜，就像战地指挥员配备着望远镜一样。有次烹调大赛上，他为弟子表演“蜜汁火方”时，弯着腰，戴着老花眼镜，身着白色工作服，腰围深色围布，专心摆弄着菜肴，特别像老艺术家在认真创作一件艺术品。

张子平大师还热爱读书，这在厨艺界真是难见了。平时生活中，他不喜欢打牌、跳舞、唱歌，唯独爱读书，这是他多年养成的习惯。

在苏州饭店学艺时，张子平闲时总是看书，他的床边、桌上总堆放着许多书籍，其中以菜谱、食俗、地方风貌类书籍居多。在博览群书的同时，他也寻找做菜的灵感，因而他做出的菜肴、美点总会让人惊叹。多年前他在苏州饭店工作时，曾有一块“美味酱方”名噪一时，连江苏省原省长惠浴宇吃过此肉后，也对此一直念念不忘。张子平大师先用苏式酱方的传统烧法，在肉烧煮至六成熟时取出，后创造性地加入上等火腿、老母鸡，上笼蒸至酥烂，装盆时勾上原汁芡露——使此肉风味一流。惠浴宇在外地宾馆、饭店就餐时，还多次提到苏州饭店小鬼（惠浴宇对张子平的称呼）做的那块肉，这曾在外事系统被传为佳话。

张子平大师在苏州饭店主持厨房工作后，愈加专心地研究烹调技艺。他善用各式道具，加上他的西餐运刀功力，使他练就一手绝技。他制作的艺术冷盆，如蝴蝶冷盆、丰收冷盆等，立体感强，注重色泽的搭配，刀法清晰，独具匠心，让人过目难忘。他创制的艺术冷盆“迎春”“荷香”等被注入新元素，在美食大赛上好评如潮。在热菜的处理上，他善用一些工艺性强的小摆设与主料相配以突出主料，两者相印相配，使菜肴到达“可看”“好吃”“有意”的境界。在一次烹调大赛上，张大师制作了一款经典苏帮菜“胡葱野鸭”。这款菜肴，野鸭色泽枣红，葱香扑鼻，张师傅别出心裁，在野鸭四周摆了多只“翠鸟”。“翠鸟”的身体用菜心制作，鸟头用虾饺，鸟尾用菜叶，鸟身还插上用红辣椒做成的翅膀。在这些“翠鸟”的相伴下，“胡葱野鸭”更具魅力、吸引力。张子平大师退休后不久，即加入苏州市烹饪协会大师工作室，在那里找到了适合自己的位置，逐渐成为一名“旗手”。如果真正要评价张子平大师的话，可借用已故江南厨王吴涌根大师在一次大师工作室会议上说的话：“子平师傅的烹调技艺，比我还狠半只棋子，他曾学过十年的西餐。”当然，这话吴老也讲得谦虚，但还是道出老前辈对张子平大师的肯定与赞许。张子平大师虽然将迈入老年，但仍不断被聘为美食顾问，受聘于各大饭店，指点那里的“美食江山”。他常召集徒子徒孙研究苏帮菜的过去与将来，有时还带队参加省内外各类烹调大赛，他还经常担任美食大赛裁判外加美食评说员。

张子平大师专心致志烹调苏帮菜，他热爱自己的厨师事业，又把自己从艺四十多年的经验方法毫无保留地传授给他的弟子。他做菜的“巧劲”一半来自勤于读书、思考，另一半来自他在学艺时打下的扎实基本功——俗语说熟能生巧。他常说：“活到老要学到老，艺海无涯。”现今他更加关注苏帮菜的传承与创新，努力培养一批烹饪苏帮菜的接班人，他就像“苏帮菜百花园”里的园丁，不辞辛劳地耕耘着，期盼着万紫千红、春色满园的日子早些到来。

酣宴忘夜久

天下美食各具特色，而苏州最具特色的美食非蟹馔莫属了，大闸蟹已是苏州美食文化名片。苏州美食如同一部宏大巨著，永远有着读不完的篇章，其中『蟹宴』即是最华丽的一章。

苏州蟹宴

在吴地吃蟹，有这么一个说法：湖蟹胜于江蟹。湖蟹有多种，味佳者多在苏州。史书上曾记载太湖之“湖蟹”、吴江汾湖之“紫须蟹”、昆山蔚洲之“蔚迟蟹”、常熟潭塘之“金爪蟹”。其中，汾湖蟹以紫脐者最为有名，与松江四鳃鲈并列为江南美品。

蟹之美味，早被古人发现。《周礼·庖人》记载了一种肴馔：“蟹胥”。该肴馔专为天子提供。蟹胥，“取蟹藏之，使骨肉解胥胥然也”，胥即蟹酱也。隋唐时，吴地的糖蟹、糟蟹都是美食，每年需进御，隋炀帝十分喜欢吃糖蟹、糟蟹。给他吃的蟹，那蟹壳被擦拭干净，还用金纸剪成的龙凤图案贴在上面。皇帝吃蟹，吃得真够有情趣的。

宋林洪《山家清供》记“蟹酿橙”，其做法为橙截去顶，剜掉瓤，以蟹膏肉置其内，蒸之。此菜香而鲜，成为经典。历史上，食蟹最为出名者当推清代李渔，在其《闲情偶寄》中专有一节论蟹。李渔嗜蟹如命，认为蟹“鲜而肥、甘而腻。……色、香、味三者之至极，更无一物可以上之”。元代诗画大家倪瓒《云林堂饮食制度集》记录的“煮蟹法”当为最佳吃蟹方法，“用生姜、紫苏、橘皮、盐同煮”，用此法煮出的蟹，风味超妙殊绝。清代袁枚《随园食单》记“剥壳蒸蟹”方——将蟹剥壳，取肉取黄，仍置壳中，放上鸡蛋蒸之——很像今天的“雪花蟹斗”。南宋诗人杨万里曾有诗赞美糟蟹：“斗州只解寄鹅毛，鼎内何曾馈百牢？驱使木奴供露颗，催科郭索献霜螯。乡封万户只名醉，天作一丘都是糟。”近代国学大师章太炎的夫人汤国梨有诗云：“故乡虽好不归去，客里西风两鬓秋。不是洋（阳）澄湖蟹好，人生何必住苏州。”一只小小湖蟹，让许多文人雅士为之神魂颠倒，并衍生出“赏蟹、品蟹、咏蟹”的蟹文化，其中最让文人骚客追求的，也最为经典的是“持螯赏菊”。因吃蟹的最好时候是秋后，此时秋菊繁茂，秀色可餐，所以又有“持螯餐菊”之说。

《晋书》记毕卓时说，晋毕卓嗜酒，“右手持酒杯，左手持蟹螯，拍浮酒船中，便足了一生矣”。清代张问陶在《八月二十六日徐寿徵送蟹菊》一诗中说，他的一位友人，在这个季节里给他送来了二十六只团脐蟹和一百零九支菊花，“为我凭空添逸兴，感君持赠最风华”，诗人“擘螯细饮千钟酒，绕径分栽五色霞”，高兴得帽子都歪斜了。由上可见，“持螯赏菊”是何等受人追捧。

现今吃蟹，大都手剥嘴啃。要知道，把吃蟹作为一种享受的古人，是断然不会这样吃的。早在明代，就有能工巧匠发明了一整套小巧玲珑的食蟹工具，俗称“蟹八件”。这种食蟹工具大大提高了食蟹的品质，把蟹吃成了一项文雅而潇洒的饮食文化。

这种人生观、饮食观影响了许多人。从此，人们把吃蟹、饮酒、赏菊、赋诗，并作为金秋的一项盛事，这就是“蟹宴”了。

阳澄湖渔家乐协会曾试制一桌“蟹宴”，我被邀当宾客，食后颇为感动。

螃蟹的吃法很多，大多数人选择清蒸的方法来享受其原汁原味。这次的“金秋阳澄蟹宴”不仅有清蒸大闸蟹，还有各种螃蟹菜点。蟹宴的原材料均取自苏州阳澄湖。因阳澄湖湖区注重生态保护，水质清澈，水草浮游生物多，为大闸蟹提供了优质生长环境和丰富的食料，从而使阳澄湖大闸蟹成为“清水大闸蟹”：“青背白肚重如铁，黄毛金爪好脚力。”

秋风响，蟹脚痒。金秋时节，风景秀丽的阳澄湖畔，蟹珍齐聚，蒸、煮、炝、炸、炒、炖，佳味迭出。就像墨分六色、琴具七音一样，一只大闸蟹也有多味：蟹肉一味，蟹膏一味，蟹黄一味，蟹子又一味。而蟹肉之中，又分“四味”：蟹螯肉，丝短纤细，味同干贝；蟹腿肉，丝长细嫩，美如银鱼；蟹身肉，洁白晶莹，胜似白鱼；蟹腿底部蟹尖肉，被称为“神仙肉”，其味妙不可言。

此宴的冷菜有金秋阳澄（象形冷盘）、时珍八味（围碟），热菜有金爪蟹粉燕窝、花篮蟹黄橄榄鱼丸、蟹斗水晶河虾仁、菜心蟹粉鱼肚、清蒸大闸蟹、蟹粉瑶柱白菜墩、芦笋炒蟹柳、脆炸蟹钳，点心有蟹黄状元饺、鱼翅蟹粉酥皮盏。

热菜中的蟹斗，将蟹肉和各种食材集合起来，打造出不一样的美味。螃蟹含有丰富的蛋白质及微量元素，对身体有很好的滋补作用。

蟹斗水晶河虾仁，顾名思义，这道菜由两种菜式组合而成，分别为“蟹斗”和“水晶河虾仁”。清代文人袁枚在《随园食单》中指出，蟹粉以“现剥现炒”者为佳，若放置时间长，则“肉干而味失”。蟹斗以蟹壳作为容器，内放蟹粉，面上盖上打发的蛋白，烹制后色白如雪，蟹黄四溢，蟹粉鲜肥，色、香、味、形、器俱全。河虾以头大、口感好、营养丰富而享盛名，要想使虾仁透明，就得事先炒一下，再放作料。这样，一盘香嫩可口、晶莹剔透的蟹斗水晶河虾仁就烹饪好了。

菜心蟹粉鱼肚这道菜营养价值极高。鱼肚的胶原蛋白含量在百分之八十左右，并含有多种矿物质。鱼肚性平味甘，具有补肾益精、补肝熄风、止血的功效。鱼肚涨发到位后必须用温碱水洗净油腻，再反复漂清，吃口才蓬松爽滑。洗涤挤干时要注意：不要将鱼肚弄碎，否则影响美观。蟹粉要用油煸，去腥，并酌情多用葱、姜、米醋，但不宜使用麻油。蟹粉鱼肚，蟹粉味鲜腴美，鱼肚因蟹粉增味而愈显珍贵。这道菜色泽淡黄、明亮，菜心碧绿清香，鱼肚糯软滑口，蟹粉味道极鲜，为秋冬季高档应时菜品之一。

蟹黄瑶柱白菜墩中的瑶柱就是干贝，是江瑶（贝壳类动物）的柱头肉（就是它的闭壳肌）晒干而成，也称干瑶柱。白菜要选用新鲜的青口白，或包头白。大白菜能清热祛火，通利肠胃，是粗纤维、低热量的健康菜蔬。这道菜白中透绿、蟹味清鲜、糯软柔嫩、味鲜爽口，是一道上佳的秋季进补汤品。

这次蟹宴上的菜肴，新老结合。食材取料严谨——清一色正宗阳澄湖大闸蟹；制作方法新潮——反映了制作者的创新思路。这次蟹宴让我们尝到了一个鲜美的秋天。

我从事餐饮业近五十年，一直关注并收集苏州蟹菜、蟹点烹饪制作资料及方法，我发现关于“蟹宴”的记录特别少。值得一提的是我在松鹤楼工作时，与老厨师陆焕兴、老堂倌陈志荟等人多有接触，曾闻一则往事：那是民国年间的一个深秋，时任江苏省政府主席的陈果夫在苏州松鹤楼宴请宾客，其宴称“菊花蟹宴”，其菜单如下：

冷菜：糟香湖蟹
菊花围碟（十味）
热菜：孔雀虾蟹
雪花蟹合
蟹黄扒翅
扒炒蟹鲃
翡翠蟹糊
蜜蟹拥剑
香炸蟹球
菊花对蟹
大闸清汤
点心：蟹黄烧卖
螯肉春卷
主食：秃黄油两面黄
菊花红糖姜茶

据说那次蟹宴大获成功，当时苏州地方领导人也受到表扬，此事一度将松鹤楼的“蟹宴”推向高潮。后因社会动荡，经济萧条，

“蟹宴”价格又三倍于平时，加之制作费工费时，苏州蟹宴销量逐渐跌入低谷。尽管如此，蟹宴作为饮食文化中的瑰宝一直流传至今。在社会经济大发展的今日，蟹宴得到传承，并得到创新发展，受到食客、旅游消费者的热捧和老饕们的追逐。

天下美食各具特色，而苏州最具特色的美食非蟹馔莫属了，大闸蟹已是苏州美食文化名片。苏州美食如同一部宏大巨著，永远有着读不完的篇章，其中“蟹宴”即是最华丽的一章。

那顿吃食，店家打理的是业务，厨师表现的是超一流的手艺，食客中年长者吃的是味道回忆，年轻者吃的是开心。我却想起不久前与纪录片《舌尖上的中国》的导演陈晓卿在吃聚中碰头时他说的一句话，『美食，讲究的是一种通感』。

味道在回味中

对于某个食物特殊味道的记忆总是伴随一个人的终身的。儿时吃到的美味，不必是上等的佳肴，那些家常菜点——更多时候是小吃零食，都会深入你的美食思维链中。长大后，甚至人老了，在某时某地再次接触到此物，那条美食思维链上即会跳出此美味因子，与你现时所感知的味道相碰，当即你就能分辨出，现时东西是好吃还是不及过去。

有时吃不到过去某一食物总感遗憾，总发出吃食生活不如以前的感叹，其实那是你记忆中的味道在作怪，文人把这些回忆中的味道称作“乡愁”。历史上著名的“莼鲈之思”就是这种牵挂的一种表现形式。人都是有感情的，在吃食中抒发自己的感慨，是感情的自然流露，如同一些经典老歌，一旦唱响即将听者再次带回那个年代。让人思绪万千，沉浸在怀旧的氛围中。

不久前，得月楼菜馆秉承传统，恢复供应部分民国时期苏州老菜，特举办一场试吃活动，我有幸参加。

得月楼这次制作经典老菜，让那些老味重出江湖，安抚了一批老苏州食客的美食心灵。这些经典老菜分为高、中、低三个层面呈现，共有十四道菜肴、四道点心。我作为这次活动的组织者，遵照苏州那一时期的吃法程序制作菜单，有些食者惊讶整桌菜无一道冷菜，仅有热炒、大菜加点心。我主动介绍说："清末民初，老苏州食客在梅雨季节上馆子，一般不点冷菜，因那时饭店、酒家无冷藏设施，为了吃得健康、清爽，故直接吃热炒、点心。今品吃老菜也按那时行法吃菜。"与餐者明白这些后都吃得安然自得。

最先登场的菜肴有白什盘、炒三鲜、炸紫盖、烩肠、爆肚。这些菜肴在旧时都是大众热捧菜点，一般售价较低，但制作精良，口味一流。白什盘，有人将其误认作炒什锦，其实白什盘比炒什锦的制作更为精细，刀法上以片为主，烹调时以划炒方法，不加酱油，本色、本味，尤为清淡。鱼片、鸡片嫩滑，火腿片、笋片甘香，肚片、蛋片肥糯……这些味道组合，使食客吃后放不下筷。

炒三鲜中的猪肉皮、肉丸、爆鱼等食材虽普通却极具营养价值，上菜时，同桌一位老者问："三鲜中可有'响底'？"一听此言，我就断定这位老者是位老食客，因为旧时肉皮称"响底"，他说的这话，是句行话。真是老菜遇老饕，一见如故。

炸紫盖采用焖肉面拖蛋糊香炸而成，趁热吃，入口松脆，再一咀嚼，满口肉香，鲜美无比。舌尖流淌着肥腴荤油，心中充满着幸福感。烩肠、爆肚均用猪内脏制作，看着是粗菜，实则颇具匠心。那烩肠中大肠切如细条，与鸡丝、火腿丝等相配制成羹菜，好喝，易下肚，那丝丝肠香味久留唇齿间；爆肚的出现让我们为之一惊，白色肚尖剞上花刀，块块肚尖如卷筒花包裹着晶莹的卤汁，散发着阵阵蒜香。爆肚这道菜很考验厨师火功，需要急炒快起。火头小，肚尖块不熟；火头过了，肚尖块就老了。使用的卤汁需要事先调制好，此菜一旦吃完，盆中应该无卤汁、汤水存在，不然此菜就不合格了。厨师一般得有几十年工龄，才能完满做好此菜。

在接下来的菜品中，有我十分喜欢的鸡粥鱼肚。肥润的鸡粥呈白色，鱼肚静卧在鸡粥中，软糯美味、营养丰富。鸡粥是将鸡里脊与肥膘斩成细茸，在高汤与盐的作用下熬成粥状。坐在我旁边的女孩是一位文艺小编，鸡粥上桌时每人一碗，她一咕噜把鸡粥喝光，直夸好吃。我说道："吃鸡粥要一匙一匙慢慢品其肥鲜劲，才能吃出真味。"她率直地说："以后知道了。"

待到那几道点心上桌时，大伙已吃得饱透了，无奈在美点的诱惑下，大家仍不肯收手。尤其是那道韭菜盒子一上桌，整个桌面都飘荡着韭菜的鲜香味，两面煎成金黄的菜盒子，中间闪动着翠绿韭菜馅，一会儿，这道点心就被分食而光。坐在我对面的廉总吃后，对我连连点头说："好吃，以前从未吃过此点。"

另有那盆卤子面，盆底是苏式小阔面，上面铺了荤素结合油末子，鲜香可口，以冷拌面形式出品，风味独特，小姑娘也吃得啧啧出声。在炎炎夏日，那清爽滑鲜的味道让唇齿回甘，真令人难忘。

十丝大菜与拆炖为全桌压轴大菜。

苏州人历来吃得精细，讲究时令，这盆十丝大菜由十种荤素料一起煸炒而成，垫底为一棵棵排列整齐的碧绿菜心，结顶采用干贝丝——那奇妙的干贝丝，香中带着鲜味，调和着味道。制作此菜的厨师刀功了得，将食材切得既细又匀落，鱼丝、鸡丝、海参丝等丝丝分明，可见其刀功的威力。坐在我旁边的著名书画家王锡麒老师感慨地说："没有想到几十年没有吃到的十丝大菜，今又吃到哉！……烧得好！……味道未改。"

拆炖上场，掀起一个高潮。拆炖原本多被旧时酒家、饭店用在"和菜"中，而本次宴席将其作为压轴大菜。其实拆炖就是将红烧后快要熟的蹄髈取出，待冷拆去骨，改刀断筋不断皮，放入大碗中，底下放些百叶丝等，浇上原卤，上笼，待熟，上桌前勾上薄芡。此菜色泽红亮，肉质鲜香，荤素搭配，口感层次丰富。桌上的文瑜老师直喊着："蹄髈皮好吃，底下百叶丝亦灵光。"

我在这场吃局中，吃得最少，多数时候呷口茶，望着这些食客"风卷残云"，自己悠闲自得如同"饲养员"。心里最佩服我那挚友，画家云岗先生，他得知今日吃此种旧菜，出于对吃食的尊重，特地换上了旧时圆领绣花中装、布鞋白袜，口袋中携带着那只他家旧藏犀角杯。吃食时，他杯中倒满酒，抿口酒，吃筷菜，慢慢品吃，俨然一副民国气度，像是要与陆文夫先生笔下的美食家朱自冶一决高低。

那顿吃食，店家打理的是业务，厨师表现的是超一流的手艺，食客中年长者吃的是味道回忆，年轻者吃的是开心。我却想起不久前与纪录片《舌尖上的中国》的导演陈晓卿在吃聚中碰头时他说的一句话，“美食，讲究的是一种通感”。

要复制乾隆宴的菜品，需得从历史碎片中找资料——从清宫膳食档案里，从苏州织造府的存档中，从民间收集的食单中。得月楼本次的乾隆宴真实复原菜品，不做修改，还原名宴『本色』。

得月楼里的乾隆宴

苏帮菜现今已被列入省级“非遗”保护名录，在传承保护苏帮菜的过程中，越来越多历史上的经典菜宴被发掘整理出来，走入市场。这是利在当代、功在千秋的好事。

不久前，观前得月楼开发复制了一桌乾隆宴，给人带来了极大惊喜。要说在清代的数朝帝王中，就属乾隆帝与苏州的渊源最深。这位皇帝六下江南，留下种种风流故事和连篇佳话。乾隆偏爱江南苏造菜点，特意把苏州厨师带入宫中，为自己的日常膳食制作苏式佳肴，以至现今北京还流传有苏食、苏盒、苏灶、苏宴等。从这一角度看来，苏帮菜不仅是地方特色菜系，也是清代宫廷菜肴代表之一。

要复制乾隆宴的菜品，需得从历史碎片中找资料——从清宫膳食档案里，从苏州织造府的存档中，从民间收集的食单中。得月楼本次的乾隆宴真实复原菜品，不做修改，还原名宴“本色”。菜品中未用苏州太湖特色湖鲜，而是大量使用乾隆喜欢吃的特色蔬菜、鸡鸭羊猪肉等。这些菜点不仅乾隆经常吃（有的逢宴必用），其制作者据记载也均为吴人。

那日吃“乾隆宴”，请来众多新闻媒体记者、文化学者、美食高手、烹调大师等。大家欢聚一堂，遥想当年皇帝用膳，是一个人吃，如今我们人众嘴多，聚会而吃，真是不亦乐乎。

首出的冷盆是油鸡、羊糕、凤爪、酱鸭、糟肉、火腿松，色彩搭配和谐亮丽，刀功细腻，口味多变。油鸡的鲜嫩、羊糕的醇厚、凤爪的香辣、酱鸭的味美、糟肉的肥润、火腿松的脆香，惊艳四座。另配上银碟小菜四品，有绿笋丝、茭白丝、萝卜丝、冬笋丝，各有素味，均为吴地时令特色蔬菜中的精品。绿笋丝中的芥辣味、茭白丝中的糟香味、萝卜丝中的葱油味、冬笋丝中的酱香味，各显其能，食者均吃得津津有味。还有那四款手碟，分别装了干果、蜜饯等，调节各人味蕾，让人们在咬嚼吃食中体会苏式生活的惬意。

热菜上桌，把吃食气氛推向高潮，“捷足先登”的是“肉丁酒炖鸭子热锅一品”。据说乾隆喜食鸭子，平日膳食中鸭肴不断，此菜原为御厨张东官（苏州人）所制，是乾隆最爱的菜品之一，几乎每宴必备。此鸭以整鸭出品，象牙颜色，鸭身被一层肉丁覆盖，鸭身底垫一层猪爪。那款菜，鸭肉酥烂，味鲜醇厚，酒香扑鼻。这边食客刚要下箸，那厢“吃货”早已眼到筷到。有人拆出鸭腿吃，有人分食鸭翅，有人专吃胸部肉，一时众人围着此菜吃个不停。那几位文人雅士拿起勺舀上些肉丁、鸭碎肉拌和汤汁送入口中，吃下后连说“好吃”“好吃”，更有高手专挑鸭皮吃，鸭皮肥腴润口，是此菜中最精美可口的一部分。此菜体现了苏帮菜制作传统中的焖烧法，又有北方鲁菜中扒烧的技法，火候恰到好处，口味纯正，淡中显鲜，又具健脾活血、强筋骨之功效，好吃又养生，得到大家的一致好评。

接着热菜一道接着一道地闪亮登场，鸡油白菜、苏造排骨、万年青炒肉、炒鸡片、鸭丝炒菠菜、鹿筋羊肉、炒三丝、蕈油素鸡、酸辣羊杂汤等，菜品件件精到，可称作十全十美了。

那道鸡油白菜给人留下深刻印象：棵棵白菜心浸润在金黄色鸡汤中，中间围着一圈火腿片，干贝丝结顶，大气中显尊贵，白菜在肥鸡汤中煨制，口感鲜美，软糯清爽，让人倍感亲切。此菜采用的虽然只是普通白菜，但制作精细，用料讲究，用大厨的话来说，“此白菜已在高汤中套出套进三次”，真是鲜得让人要掉眉毛了。

那道鹿筋羊肉令人拍案叫绝。时值冬令，红烧羊肉配着鹿筋，羊肉酥烂鲜洁，鹿筋软韧滑润，两者相配相宜，其口感真是劲上加劲、味上加味，美不胜收。此菜采用苏帮菜中烧酱汁肉的方法制作，出品的羊肉鹿筋可想而知有着多么地道的苏州味。

那道炒鸡片，看起来不过是简简单单的滑炒鸡片，但大厨们巧妙地在其中加入时令荠菜、冬笋片，使其增香增鲜。此菜白色中带着绿色，鸡片滑嫩鲜美，荠菜清香四溢，好吃着呢！

那道酸辣羊杂汤保持原菜品风味，又辣又酸。施薄芡，汤烧滚，羊杂被切得精细。喝上一口，冲击力强，刺激味蕾，开胃爽口。此菜在苏帮菜中很少见，带有一些草原上的野性。我喝上一口，额头即冒大汗。

令人难忘的还有一道不起眼的鸭丝炒菠菜。在吃食历史上，

“白玉翡翠汤”“红嘴绿鹦哥”等，都指菠菜菜肴。乾隆宴上，鸭丝炒菠菜被做成孔雀开屏样式，菠菜做成孔雀尾部，鸭丝做成孔雀身体，另用瓜果雕成孔雀头部与颈。说者无心，吃者有心。要知道那鸭丝看似平凡，其实却是两种鸭肉丝混搭而成：一是鸭肉丝，一是烤鸭肉丝，两者配在一起，使得菜肴同时具有了鸭肉丝的鲜醇芳香和烤鸭丝的松脆软糯。在炒制中，大厨还加入少量冬笋丝。此种“文艺范儿”自带一种撩人滋味。

这次的乾隆宴中，点心共有六道，大多是夹在菜肴中陆续上桌的。这六款点心像是整桌餐宴中“跑龙套的”，但同样出彩，比如：鸡丝馄饨、鸭肉包子口味独特，肉馅汁多味美，令人吃了还想吃。那块甜美的枣儿粉糕更是“百里挑一”的佳品，细粉皮子包裹着枣泥，一块块糕坯从模子刻板中制出，蒸熟后软糯爽口。一席乾隆宴，厨师们高超的手艺被表现得淋漓尽致，竹节馒头寓意着“竹报平安”“步步高升”，一送上桌即迎来一阵欢呼。本着让人们先拍照、后品尝原则，此点先在桌上转上一圈。然而也就转一圈的工夫，这道点心就盆底朝天了！人们心里总是迎着好的祝愿奔去，有如此好口彩必然都不肯放手。最后登场的是一款拆鸭肉面。此面为手工打制，松韧有劲，清爽软长，面浇头为鸭肉丝配韭黄、笋丝等，鲜香无比。此面有北方风味，更具一些苏州特色，为不可多得的佳点之一。

纵观乾隆宴那桌菜，食材取于本地，并无任何价格高昂的食材，而大厨们的技艺均在挖掘传统菜品中得到提升。得月楼对“乾隆宴”稍微整理后，就会向市场推出。我们期盼着“乾隆宴”能打开市场，为广大旅游消费者服务，使普通百姓也照样能够吃到“宫廷菜宴”。美食总是代代相传的，在讲历史、看当今的美食热潮中，乾隆宴的复制开发，或许是这一代餐饮人对苏帮菜饮食文化传统的坚守与回归。

船菜制作十分精细，有的菜品仅够每人一箸或一匙，只能浅尝。食者都细嚼慢咽，以品尝菜肴的真味。船菜精细多姿，色、香、味俱全，其制作者的烹调技法高超无比。因此，在苏州从事饮食业且擅长者都给自己的菜肴冠以『船式』二字。

苏州船菜

苏州地处太湖流域，城内水系发达，河道纵横，所以自古以来苏州人的日常生活离不开舟船。船菜起源于苏州，相传吴王夫差乘坐龙舟宴游，开创宫廷船菜之风；至唐代，诗人白居易任苏州刺史时，曾募工疏浚河道，筑修白公堤，从此七里山塘直通虎丘，乘游船宴游虎丘成为历代相沿、久盛不衰的民间习俗。苏州城内、城外河道密布，人们出门均以舟船为交通工具，路远的一日二餐均在船上食用。苏州船菜逐渐形成专门的流派美食，并越做越精细，形成独有的口味特色。船菜以炖、焖、煨、焐等为主要烹调技法，选用上等原料，原料主要采用湖鲜、水产及时令果蔬。船菜制作十分精细，有的菜品仅够每人一箸或一匙，只能浅尝。食者都细嚼慢咽，以品尝菜肴的真味。船菜精细多姿，色、香、味俱全，其制作者的烹调技法高超无比，因此，在苏州从事饮食业且擅长者都给自己的菜肴冠以“船式”二字。旧时姑苏游船多停泊于虎丘野芳浜一带及普济桥，供游客上下岸。船菜在那时发展到高潮，成为商家谋利的重要手段，船宴旅游线路也逐步增多，从过去的虎丘、山塘延伸至太湖、石湖等处。

民国期间，城外阊门北浩弄口、广济桥下常有花船停泊候客，有的船有一丈多宽，二丈多长，船舱内有红木雕刻的栏杆，大理石镶嵌的桌椅，布置精雅，船上可供中晚二餐。午宴有八冷盆、四热炒、六小碗、四粉、四面、两道点心，晚宴有四冷盆、六热炒、四大碗、两道点心，另备有果碟蜜饯等。船宴价格昂贵，据苏州作家包天笑在《衣食住行的百年变迁》一书中的记载："坐一天船吃一席菜，以及各种犒赏、花费等，全凭老爷赏赐，吝者至少亦给八十元，豪者可给百余元。"那时阊门、胥门等地的河畔也常停泊大小花船多只，备客人扫墓、游春之需，船上也供应便餐。苏州每逢春秋佳日，多佛事香会，游客纷至沓来，有本地居民亦有外地游人，文人墨客也青睐泛舟欢宴之举，这都推动了船菜、船点的盛行。那时农历八月十五前后，是人们一年一度游西郊上方山的日子，这里有著名景点石湖行春桥的串月盛景，人们慕名而至，不顾路远。此时大小灯船、快船、航船穿梭行驶于河道中，五光十色，交杯酒令、曲词小调、歌女们劝酒送吃之声不绝于耳，这是船菜最兴旺的时期，有词云："苏州好，载酒卷艄船。几上博山香篆细，筵前冰碗五侯鲜，稳坐到山前。"从中可想见当时船宴的盛况与情趣。船菜、船点大多由船娘制作，一般船后部都有烧煮灶具，大的游船另备一只专用烧菜的船。制作船点的厨娘都是高手。据《吴中食谱》记："妙在各有真味，而尤以点心为最佳，粉食皆制成如桃子、佛手状，以玫瑰、夹沙、薄荷、水晶为最多，肉馅则佳者绝少。”

历史上船菜、船点没有固定菜谱流传下来，但一些经典菜肴、佳点早已被编入苏州的各种菜谱里，有的已成为传统苏帮菜馆中的看家菜，现存较完整的船菜菜单中，有一份叫王四寿船菜食单（附后）。

二十世纪三十年代，由于城市铁路的兴建，大马路的开通，以及社会经济变迁等原因，苏州船菜逐渐消失，船菜由船上被移植到岸上酒家、菜馆中，与当时酒家、饭店中的时令名菜、传统经典菜融合，形成了苏帮菜中最精华的部分。据载，这一时期在大成坊口有一家名叫“鹤园”的菜馆曾以正宗苏帮船菜为号，拥有船菜名厨费祥生等一流高手，推出经典船菜如烂鸡鱼翅、鸭泥腐衣、蟹糊蹄筋、滑鸡菜脯、鸡鸭夫妻等三四十种精制菜肴，政商新贵、巨富文豪都闻风而至，一时鹤园生意兴隆，引领餐饮业时尚。苏州船菜、船点的形成与发展不是一朝一夕的，是由苏州城市特点、环境、物产、民风等决定的，其中人的因素尤为重要。文人墨客、达官贵人热衷于船宴。关于苏州船菜，有道是“酒船肴馔讲时鲜”。“时鲜”“精致”是船菜特点，食材采用应季湖鲜、果蔬等，当日采办当日用，制作精到，小锅烹调，做一样是一样。各色船点亦精巧绝伦，故船菜、船点风味独绝，为人所津津乐道。人们坐船出行，谈笑、眺望，看湖光山色，在香茗、鲜果陪伴下听曲看美人，在交杯声中品尝吴地美味佳肴，此时的船如何不是一个心灵的佳园？人们享受船宴，拥抱美好生活，也是追求着生命的舒展。

苏州船菜历经变迁，现已失传，虽然有些经典船菜、船点在一些传统苏帮酒楼尚能吃到，但毕竟不在船上，船点、菜肴也发生了很大变化。尽管如此，船菜精益求精的精神和充满文艺气息的苏式情趣，一直流传至今，令人念念不忘。随着社会经济、旅游事业的发展，不少有识之士多次提出整合苏州河道资源，处理好环保、安全等问题，恢复“船菜”。相信总有一天，具有浓郁苏州水乡特色的船菜，会以一种更好的内容和形式出现。

【附记】王四寿船菜食单（笔者根据相关记录及食单整理）

香茗

碧螺春茶、茉莉花茶、虎丘茶、天池山茶。

四蜜饯

山楂糕、糖佛手、苏式话梅、敲扁橄榄。

四鲜果

云上瓜、石榴、橘子、含桃。

四手碟

兰花豆、长生果、瓜子、香榧子。

上述品种根据季节随时更换变化。

四粉（糯米粉、粳米粉相拌制作糕团）

玫瑰松子石榴糕：做成石榴状，馅用玫瑰酱、枣泥与松仁，绽开一角露出玫瑰松子，形如成熟石榴，惹人喜爱。

薄荷枣泥蟠桃糕：和成粉团，形如蟠桃，馅心用枣泥、核桃仁洒入薄荷，蟠桃顶端弹撒些红曲粉，活灵活现。

鸡丝鸽团：制成鸽蛋状，其中包入鸡肉丝，出品时外衬一层蛋皮，外形似蛋似团，鲜糯可口。

桂花糖佛手：做成佛手状，馅心采用细豆沙包入其内，成品外撒些糖桂花，香气袭人。

根据季节及客人要求，还有多种水果、动物等造型的船点更换。

四面（用面粉制成点心）

蟹粉小烧卖：每只烧卖小如金橘，外形束腰、立直、如花；鲜蟹粉肉末拌和为馅心，用些火腿末在每只烧卖上做结顶，小巧玲珑。

虾仁小春卷：采用荠菜鲜肉末虾仁作馅料，包入春卷，入油锅炸成金黄，集脆、香、鲜美为一身。

眉毛酥：面粉和入油制成皮酥，以瓜仁、枣泥为馅，制成弯眉状，入油锅中慢慢氽熟，酥甜可口。

水晶球酥：制成油酥，形如乒乓球，馅用猪油丁、白糖、莲蓉，入温油锅氽熟，入口而化。

另根据季节变化，多种时令点心，不断更换。

八冷盆

豆腐皮腰片：猪腰处理净洁，切成极薄片状，入沸水一烫，浸入事先准备好的咸味高汤中，捞出后待冷装盆，粗一看似豆腐皮，实为腰片，鲜嫩无比。

鲞鱼松卷：豆腐皮包入鲞鱼松，卷成小春卷状入锅中烧煮，加入适当调料即可出锅、装盆，香脆咸鲜。

出骨虾卤鸡：当年肥嫩鸡制成白斩鸡，拆去骨，浸入虾卤油中，吃时捞出斩块装盆，鲜上加鲜。

牌南：选用上好熟火腿，拔去重咸味，去皮与骨，打成小骨牌状，排列盆中，鲜味十足。

炝虾：选用太湖鲜活水晶青虾，或活白虾，放入酒、乳腐露、花生酱等作料，数分钟后即可食用，其味美不可挡。

糟鹅：选用当年太湖新鹅，宰杀后洗净，入老卤中煮熟，用白米酒糟鹅肉，装盆时批成片，糟香扑鼻，鲜字当头。

胭脂鸭：当年新鸭，宰杀洗净入老卤中煮烧成熟，老卤中加入少许红曲粉、香料，制成胭脂色，此鸭骨酥皮滑肉鲜。

熏青鱼：青鱼，打片，腌制一下，入油锅氽成将熟，浸入卤汁后，捞出入熏炉中熏至棕黄色，焦香味美。

正菜三十道

珠圆玉润：清炒河虾仁，装入白色圆形瓷盆中，虾仁粒粒晶莹赛珍珠，鲜嫩软糯。

翠堤春晓：荠菜炒山鸡片，绿白相映，还可用鹌鹑胸部肉切成小片与荠菜同炒，鲜香十足。

满天星斗：清炒三虾（三虾指虾仁、虾子、虾脑），熘熟后虾仁在底，虾子少量，虾脑放上面，此菜为夏季特色佳品。

粉面金刚：生炒里脊肉，快速过油、断生即起，肉带粉色，鲜嫩可口。

黄袍加身：鸡火鱼肚，鱼肚入油锅中涨发成形，与鸡片、火腿片同煨，鱼肚白中泛黄，糯香鲜美。

王不留行：西卤鸭掌，软糯肥美。西卤指各种荤素切细料。

赤壁遗风：红烧冰糖甲鱼，烹制中用足糖、酱油，口味甜出头咸收口，传统苏帮菜的代表作。

红粉佳人：茄汁鸡柳卷，鸡脯批成薄片，略铺虾仁茸，卷起成筒形，加入茄汁烧制，嫩鲜色美。

玉堂富贵：用一片火腿、一片鸡脯肉相叠扣入碗中蒸熟成形，装盆时将碗中火腿、鸡脯合入盆中。

遍地黄金：秃黄油，选用蟹膏、蟹黄同炒，色泽金黄，鲜美肥腴。

金星乌龙：虾子大乌参，大乌参煨得酥烂，虾子撒满其上，营养丰富。

桂楫兰桡：即花篮香菇，香菇去梗镶入虾茸，蒸熟着明芡，似花篮状，好看又好吃。

卸甲封王：南腿炖甲鱼，甲鱼洗净，烫半熟去壳去骨，与火腿同炖，皮烂肉酥。

不尽滚滚：油炸虾球，附带甜蜜酱或炒制椒盐，风味一流。

花板瑶台：大开洋炒干贝，咸鲜味十足。

玉楼夜照：香炒青鱼丁，调料如葱姜等须备足，出锅前加胡椒粉，鱼肉入味，香气袭人。

雨后春光：炒鲜蕈子，亦称炒塘蕈，得用素油来炒。素食中的精品，素雅曲高，静淡味长。

玉女晚装：网包鲥鱼，清炖，江鲜精品，鲜美甲天下。

老树着花：口蘑锅巴汤，脆香过人，汤鲜味香。

江南一品：清蒸甲鱼，选较大甲鱼，干蒸，营养丰富，滋补佳品。

春色迷人：麻油拌笋尖，春笋切去老头，切成滚刀块，煮熟，拌入麻油，上面撒些香椿末，清香可口。

深潭印月：鸽蛋银鱼羹，羹菜易上口，一般都以“一客”的形式上桌，有时上面还加几片碧绿鲜莼。

醉里乾坤：酒焖猪蹄，色泽枣红，酒香肉香四溢。

堆金积玉：蟹黄扒翅，高档名菜，事先均在岸上准备好，上船落镬，鲜美绝伦。

秋风思乡：莼菜鲃肺汤，太湖鲜莼与鲃鱼肝肺完美融合，肥腴鲜洁。

八宝香车：八宝肥鸭，用开洋、干贝、香菇、肫肝等副料塞入肥鸭中红烧至熟。

紫气东来：紫鲍烧童鸡，此菜火功到家，香气扑鼻，鲜头十足，食后补气补神。

玻璃世界：洋菜猪蹄髈，蹄髈须白烧至熟拆骨，与洋菜同烧，冷食为宜，清香味润。

鱼跃清溪：清蒸鳜鱼，清淡中的鲜美，颇具水乡特色。

八仙过海：鸡茸雀元汤，加入火腿、冬笋、香菇、开洋、干贝等同煨，此菜为汤菜。

甜点二道

银耳羹或杏露莲子羹、燕窝汤或桂花鸡头米。

上述菜点使用俗语或成语等为菜名，是为了让顾客在心中有共鸣，引起其食欲，称“讨口彩”。为使读者便于理解，特对菜名其意及内容略做注解。

松鹤楼里『陈家菜』的形成不是偶然的，是历代松鹤楼的师傅们精益求精做菜的结晶，也是陈仲曾、陈志刚父子俩不断总结创新的成果，他们手中有艺、胸中有志，使松鹤楼的名肴经久不衰，誉满全国。

松鹤楼里“陈家菜”

苏城著名的菜馆松鹤楼始创于清乾隆年间，原本是一家小面馆，开设在观前街上，门面正对大成坊，直至西北街天妃宫的照墙，其址被称为“好风水”。面馆生意兴隆，后来开始卖半盆菜及小盆小炒。因经营得法，菜品质量上乘，遂在原地址扩大地盘正式开起菜馆来。

旧时的松鹤楼几易业主，在张文炳手中时，生意极其兴隆。张文炳，江苏常州武进横林人，祖上世代业厨，本人手艺高超，曾在太仓县衙做官厨多年，烹技精湛。张文炳主持松鹤楼后，松鹤楼的业务不断扩大，服务对象主要针对苏城上流社会人士，高档菜肴陆续上市，应时鲜品不断，营业额直线上升，利润日积月累，松鹤楼不到三年就在苏州餐饮业中跃居首位。

松鹤楼菜肴质量冠绝苏城，店中有一位名厨陈仲曾，小名阿八，起初在姐夫张文炳那儿学厨，此人天资聪颖，吃苦耐劳，学得一手烹饪好手艺。张文炳到苏州后，阿八随即来到苏州，先进入天和祥菜馆，后调至松鹤楼。那时张文炳已为松鹤楼店主，厨房大事小务都交于阿八主持。阿八在张文炳烹饪的苏帮菜基础上不断改进，厨艺大长，对苏帮菜炖、焖、煨、焐等传统烹调方法无一不精，又悉心研制了几十种应时的菜肴和多款养生保健菜品，深受食客追捧，为松鹤楼开创崭新局面立下汗马之功。当时阿八的烹调技艺在苏、锡、常烹饪界中称得上超一流，他被公认为大师。

那时松鹤楼的菜肴闻名遐迩，在沪宁一线已有一大批食客追捧，前来光顾的消费者品尝到陈大师烹制的菜肴后都赞不绝口，社会名流争先恐后涌向松鹤楼，外地来苏的旅客、官员、商人必到松鹤楼品尝苏帮菜，松鹤楼一时生意红翻半爿天。

金孟远在《吴门新竹枝》写道："三百年来风味留，跑堂惯喊响堂喉。苏帮菜味无边好，酒绿灯红松鹤楼。"那时松鹤楼为苏城首屈一指的苏帮菜馆。陈大师烹制的菜肴品种多数为历代传承下来的经典名品。这些经典在陈大师手上得到进一步提炼、改进，成为松鹤楼的"看家菜"，誉满江南。据相关资料记录，陈大师的经典菜品有：清汤原翅、虾子刺参、白汁元菜、松鼠鳜鱼、虾仁烂糊、秃黄油、清熘虾仁、蜜汁火方、古制酱方、红烧头尾、响油鳝糊、荷叶粉蒸肉、糟熘鱼片、网包鲥鱼、西瓜鸡、鲃肺汤、莼菜三丝汤、天下第一菜、白什拌、炸虾球、爆双脆、鲭鱼卷菜、卤鸭、炸肫、川糟、干烤笋等。

除此以外，陈大师还有独具特色的拿手菜，即"三黄焖"，黄焖河鳗、黄焖着甲（鲟鱼）、黄焖栗子鸡。陈大师在烹调菜肴时认真细致，追求菜品色、香、味、形的完美统一。他烧菜时从不尝菜品咸淡，也不用味精，他手边常备两样法宝调味：一是“高汤”，陈大师每天上班后必亲自吊好一锅高汤——怎么吊高汤则是他的绝招，未曾外传；一是“调味”，他有一竹篮，篮中是他自己熬制的各种“香头”，如麻油、笋油、雪油、酱料等，那只篮中的东西只有他自己能用，别人是不许碰的。上班时他提篮而来，落市后他提篮回家，有时候人家问他篮中放了些什么，他总是闭口不说。烹制菜肴时他总能根据不同的食材、气候条件，使用精致烧法，加入不同的“高汤”及调味料，使出手的菜品达到精美绝伦的地步。他的那些绝招最后全部传给了他的儿子陈志刚。

陈大师年老后重点培养他的长子陈志刚。因为得到了高手指点，陈志刚学艺不久就技艺不凡，他根据当时的时势引进苏州精美的船菜、船点，使松鹤楼菜品在原有苏帮菜的基础上又提升了一个档次。据相关资料记载，他烹制的船菜品种有烂鸡鱼翅、蟹糊蹄筋、鸭泥腐衣、环爪虎皮鸡、葱油双味、鸡鸭夫妻、龙凤腿、炸苹果、炸香蕉等四五十种，极大丰富了松鹤楼的菜肴品种，使顾客有了更多的挑选余地。陈志刚虽然手艺高超，但性格孤倔，傲气十足，为人好强，不久就与当时店主张文炳之子张之钧不合，滋生矛盾。他又在松鹤楼对面与人合股开设鹤园菜馆，与松鹤楼分庭抗礼。因有陈志刚掌勺，鹤园一时也吸引了一大批新老顾客。后又因陈志刚与人不合，鹤园只能关店了事。

后来陈志刚不愿再做厨师，在娄门外自己家中做起了编结竹篮、洗帚等小生意，笔者于二十世纪七十年代在松鹤楼学艺，曾多次看到陈师傅拿着洗帚等物来松鹤楼兜售。当时厨房“把作师傅”总会作成一些他的生意，关心一下他的处境。有一段时间，陈志刚师傅被聘请到吴江平望一家饭店担任主厨。我有一次在那儿见到他，陈师傅已年迈，体力不支，只能在饭店帮忙。他看到我还是叫我“小华”——当时我已年近三十，他说：“今天你来看我，我蛮开心，到我厨房来看看。”我跟他进去，在一间冷菜间里，他拿出一只“绿匹”（盛菜陶瓷缸），指着里边说：“这是我这几天制作的‘醉鸡’”。他挪开盖子后，一股异香扑鼻而来，一只被斩成四爿的嫩草鸡静卧在醉卤汤汁中，鸡皮金黄、细皮白肉，此时陈大师手起刀落，斩了一只鸡腿非要让我尝尝。我咬下一口，满嘴鲜香，鸡肉嫩滑，咬嚼中，从鸡肉中溢出的鲜味布满舌尖，那鸡皮又脆又嫩、鲜洁浓香、不咸不淡，醉鸡之味使我至今难忘。

纵观松鹤楼的陈家两代人所制的“陈家菜”，大多数菜肴已成为经典苏帮菜菜品，在苏州各大菜馆都有供应；但也有一些品种绝市了；还有一些尚在供应的菜肴，只有其形而无其味了。松鹤楼里“陈家菜”的形成不是偶然的，是历代松鹤楼的师傅们精益求精做菜的结晶，也是陈仲曾、陈志刚父子俩不断总结创新的成果。他们善用地方时令特色食材，烹制认真，步骤严谨，注重不断调整变化口味来迎合苏州人的口味，形成了鲜明的地方特色风味。他们手中有艺、胸中有志，使松鹤楼的名肴经久不衰，誉满全国。但愿松鹤楼“陈家菜”能代代相传，生生不息。

苏州人吃河鳗都先看颜色——讲究鱼皮不能被烧破，而鱼肉则要洁白，然后再下箸。老镇源那盆河鳗的颜色是枣红略带棕黄，十分经典。只见闪着油光的鳗段静卧在汁液里，如同从昆曲里走出的人物一样，打扮得光彩夺目。

老镇源吃食记

历经悠远的岁月，有着深厚文化积淀的吴江为我们保留了一家老镇源菜馆。相传自清代起，老镇源就开在了盛泽老街上，是家喻户晓的名店。吴江友人告诉我该店现移建到东太湖七都镇了。七都镇位于太湖南岸，东太湖之滨，有“七十二港”“三十六溇”之说，地域优势明显。那里有丰富的食材：品种繁多的野生湖鲜、取之不尽的应季果蔬。老镇源充分利用这些独特食材优势，按照传统烹饪方法，注入时尚饮食理念，烹制出各种令人难忘的佳肴，使远近食客纷至沓来。

那日与多位食友一同前往品吃，头道冷菜即白斩鸡。白斩鸡的传统吃法是蘸着虾子酱油吃，虾子酱油采用太湖青虾虾子与上等秋油加入多种调料熬制成，风靡苏沪两地。老镇源的那瓶虾子酱油美味正宗，当鸡肉里的汁液伴随着鸡肉，在虾子酱油的作用下徐徐下肚时，我不由感慨鸡嫩味鲜，吃得真舒坦！

令人感叹不已的那盘葱烤酥鲫鱼也真是做到家了。该店采用太湖野生鲫鱼，先煎后焖，鱼身上下覆盖大量小葱（小葱取整，不切）。在大量葱的作用下，葱烤酥鲫鱼香飘十里。这道菜鱼骨酥软、鱼肉透香，鲜味十足，为江南名馔。古籍食谱里曾记载多种葱烤鲫鱼的方法。经长时间焖烧，整条鲫鱼鱼骨酥软，即便吃下肚也没关系。酥鲫鱼作为冷盆菜出现是最佳的。老镇源酥鲫鱼的做法师法古谱，又加入多种调料，适时按序投放，一丝不苟。出品酥鲫鱼不求数量，只求质量，售完即停。令人感动的是该店自己种植小葱——要知道一盆不起眼的酥鲫鱼，光葱就要用四斤，如此用量，又没有替代品，消耗何其大。一家饭店为了呈现正宗菜品去种小葱，这是何等的敬业，也体现了他们对菜品的尊重。难怪那些江、浙、沪的美食大咖们纷纷开车前去品吃了。

在桌上冷菜堆里还藏着一盆香豆腐干与一小盆熟盐花生。食时即想起“香干与花生同食能品出火腿味来”的民间说法，吃时似乎确有此味，而越想越觉那火腿味越浓了。

那天吃到的菜也真多，有时真感嘴巴来不及品尝了。油光闪亮的冰糖河鳗的上桌给我一大惊喜。冰糖河鳗为该店的看家菜，掌勺厨师师出名门，传承着几代厨师的技法：采用太湖野生河鳗为主料，加入蒜头等副料、调料，采用烧、焖等多种烹调手法。野生河鳗价格昂贵，被称为水中软黄金，营养价值极高。日本人奉河鳗为营养名品而喜食之。老苏州人吃河鳗都先看颜色——讲究鱼皮不能被烧破，而鱼肉则要洁白，然后再下箸。老镇源那盆河鳗的颜色是枣红略带棕黄，十分经典。只见闪着油光的鳗段静卧在汁液里，如同从昆曲里走出的人物一样，打扮得光彩夺目。我吃上一段，入口一瞬间，软滑鳗皮与舌尖邂逅，嫩滑无比，其肉粉糯，鲜美肥腴。鳗肉中，与骨相连处是佳味所在的核心区位，懂吃者会在牙齿上下咬合间，享受鱼肉与骨液绽出的刹那，那一刻的美味，简直无需味蕾来品赏，瞬间直到心底。此款冰糖河鳗还呈现了传统苏帮菜的韵味，像教科书上说的苏帮菜的口味特点："甜出头，咸收口。"此菜甜味来自冰糖，比平时使用的白糖上了一个等级。该店烧制冰糖河鳗用的冰糖还是一种老冰糖，那种甜美，犹如男女十指相扣时的甜蜜之感。我一直认为苏州的菜就该这样，该甜的菜一定得甜，不该甜的菜一点一丝都不能甜。

吃食中的美味总是让人久久难忘的，我能记住的还有清蒸白鱼——太湖野生白鱼，略微腌渍后清蒸，肉细味美，撩动味蕾；清蒸太湖梅鲚鱼——天然丽质，鲜到家了；大头菜丝炒银鱼干——香鲜劲十足，农家风味，美味诱人。这些菜肴在老镇源都有自己的位置，说白了，都上了老镇源的名菜谱！

在那次聚吃回家的车上，我问同来的那些食客："今晚哪道菜最好吃？"话音刚落，一位文艺青年即高声喊出："火腿冬瓜，最好吃，令人难忘。"说真的，那块冬瓜的味道确实不同凡响，其形也堪称上品。冬瓜本无味，大厨用足功夫，将冬瓜与高汤、火腿同熬四小时，使冬瓜浸润在鲜汤的雾蒙里。上桌时，冬瓜给人素雅的感觉，然而其入口而化的口感中，又具火腿的鲜香。汤汁口感清爽鲜绵，摸准了你的胃，抓住了你吃食的那根筋脉，真如清代袁枚所说，做菜是把好的食材做出美味，把没有味的食材做进美味。那块冬瓜硬是把美味做了进去，使食客满意而归。

但愿能有更多美味古菜得以延续，把手艺留在人间，让更多人得到美食的享受。

江南味

一、茭白

苏州中秋前后，水乡江南的茭白上市了，洁白如玉的肉质，青翠的外衣，惹人欢喜。有人因茭白白白嫩嫩，像一支烛台，将其比作“白蜡烛”，又按茭白大小分为“大烛台”“中烛台”“小烛台”，更有文人比喻其为“美人腿”。茭白，观其外形似乎是生长在山、竹之间，其实不然，它是一种水生植物，生长在清水塘边、河边。茭白富含维生素及多种微量元素，具有清热解毒之功效，营养价值高，是苏州著名的“水八仙”之一，深受百姓喜爱。

在江南吃食中，茭白一直受人热捧，也是百姓们日常喜欢吃的蔬菜品种之一。当下苏城吃茭白流行一种老翻新的吃法，即“饭镬茭白”，意思是将茭白洗净、切段、拍松，上饭镬蒸熟，蘸着虾子酱油吃。过去烧饭时，常在饭镬上放上茭白蒸，饭烧熟了，茭白也蒸熟了，旧称为“蒸茭白”。有时将饭镬上蒸熟的茭白加酱油、香油拌着吃，淡淡的咸鲜味、一丝丝的甜味，一起入口——那甜味源自茭白的津甜，带着湖塘的清香，可谓“风情万种”，总让食客“想入非非”。

茭白又名“高瓜”“菰笋”，是我国江南特有水生蔬菜，为禾本科植物。古时茭白均为野生，茭白子为粮食，可当饭吃，据《礼记》记载：“蜗醢而苽食。”苽，即菰，菰的吃法，在旧时有菰米饭，可见古代已用茭白种子作粮食了，又有“雕胡饭”之说，其味香脆而甘，在历史上颇享盛名。在江南地区，茭白、莼菜、鲈鱼并称“江南三大名菜”。《晋书》中记载“四面湖泽，皆是菰葑”，反映了茭白种植范围之广，栽培茭白是江南先民的一项贡献。

茭白在苏州菜中运用颇多，时而被用作副料，与鸡鸭鱼肉配在一起烧，丝、片、丁、块任意切配；时而独立“出演”，如油焖茭白、虾子茭白、蒸茭白、葱油茭白等，都是苏州家常菜中的经典品种。另有一款兰花茭白，是冷盆中的艺术珍品：将茭白削成兰花状，在盐开水中焐熟，在顶上留出一柄，装上翠绿葱花制成活灵活现的兰花，真可以假乱真。其吃口脆香鲜洁、微甜爽口，又让人爱不释手。

如果说有一种食物总怀着江南水乡的韵味，让人难以忘怀，我看就属茭白了。

二、蹄卷

夏天吃食，图爽口，也追求营养、美味。我一直是一个好吃的人，即便在盛夏，也在想要吃些什么好吃的东西，“侦查”到吴江宾馆有“蹄卷”，即携友一同前往。

到达吴江宾馆时正值中午，我们点了几道菜，特别关照再要一大盆蹄卷。那盆淡红的蹄卷，鲜香飘荡，色泽柔和。大厨刀功精妙，把蹄卷打成圆柱形薄片，卷着存放在盆中，排列有序。那蹄卷外层为一圈肉皮，中间尽是精肉。肉汁冻成胶状，晶莹剔透。我夹上一片送入口中，顿觉满嘴鲜香，蹄皮张力适度，肥腴润滑，蹄中精肉鲜美无比。夏日无胃口的感觉被一扫而空，我顿时食欲大振。

蹄卷是旧时夏季吴地流行吃食，用猪蹄肉皮及猪后腿肉制成，为苏州菜中的传统精品菜肴。肉加入香料、调料，先腌一段时间，待煮透，把精肉拆散后放在猪皮上，卷成圆柱状，用纱布包起来，外用麻绳扎紧，在笼上蒸至酥烂，冷后切片食用。清代食书《食宪鸿秘》中有蹄卷一款：“腌、鲜蹄各半。俟半熟，去骨、和卷，麻线扎紧，煮极烂，冷切用。”字不多，却道出此菜制作要领。当下该店此蹄卷做法师法古人，又有自己的创新改良，使此菜为时人所接受，堪称美味佳肴。

蹄卷的做法似乎与邻城镇江的水晶肴蹄有异曲同工之处，同为江苏菜，相互借鉴是必然的，但又各具特色。肴蹄特色鲜香浓郁，蹄中精肉仍用“硝”腌过，这是属于镇江的“特许做法”，因而出品的水晶肴肉红白分明。苏州蹄卷在腌制时仅用盐、花椒、桂皮等大料提香，以五香、咸鲜为主。

时下能做蹄卷的大厨极少，餐饮店中一般无供应。因为制作蹄卷费工费时，又要经过食监部门对腌制品中“硝”含量的检测，食客中识货的人又少，因而类似这种旧菜美味正逐渐远离餐桌，那日能吃到此蹄卷，我真是欢欣。

但愿能有更多美味古菜得以延续，把手艺留在人间，让更多人得到美食的享受。

三、雅厨

苏州新梅华饭店近期开出一家牌号为“江南雅厨”的餐厅。“雅厨”两个字在我看来很有含义：苏帮菜原本就被人们称为“文人菜”，风雅脱俗，有一说，称苏州菜是园林里的苏帮菜。一下子触动我吃食的心灵，古时苏州园林甲天下，那园林里的苏帮菜有园林灵感、韵味。历史上苏州有过许多雅厨，清代张东官、张成、毛荣，近代吴涌根、刘学家、张祖根等，想必此店云集新一代雅厨，将开创苏帮菜新的局面。

雅厨、园林、苏帮菜，串联出风情万种的美食诱惑，食不可等，开业当晚我便前往先睹为快，一吃为乐。那晚的菜肴美点，构思巧妙超俗，结合着时尚，不拘泥于传统烹调方法。我坐在名为“耦园”的餐厅包厢内与旧友、文人一起品吃。上桌的冷菜轻巧鲜艳，桂花糖藕散着花香，口味酥糯甜润；冰镇鲜百合爽口脆香；那块熏青鱼味道撩人，轻透烟火香，口味咸鲜，又保留一丝苏式的甜味；另配有一盆蔬菜沙拉，菜里散发着清香奶油味。稍后上桌的热菜也毫不逊色：时令清炒三虾，在一张鲜荷叶衬托下色泽诱人，又散发出荷花淡淡清香；酥糯软长的三丝蹄筋，鲜美汤汁紧包每条蹄筋，咸中尝鲜；改良版的千层鳜鱼，一片鱼肉夹着一片笋片、一片火腿片，口味层次丰富；当下潮流吃品砂锅牛肉，牛骨、牛肉、牛杂合为一锅，火功非凡，鲜香可口，风味独特，得到众吃客一致好评。

压轴大菜是砂锅“烧炖鸭”：用整只烤鸭炖制，鸭身底下还藏有鲜排、火骨，鸭身上覆盖竹笋丝，炖出味美清汤，其鲜味令人惊叹。一位雅厨告诉我，此鸭为新梅华经典明炉烤鸭，采用苏帮菜传统的“三件子”工艺“焐”技法制成。食客们纷纷举筷，一品为快，那款烧炖鸭一下子全部告罄。我提议用砂锅中的剩汤下几只菜肉馄饨再吃，大厨满足了我的要求，加入馄饨，又是满满一砂锅，吃得食客们心满意足。餐桌上添加了不少体现苏州园林特色的小摆件，如山石、梅花等，意味悠久、尽善尽美。在这些菜品上，大厨们准备充足，烹调到位，出菜有条不紊。

在送上水果拼盘后，吃食告一段落，此时从餐厅大堂中悠悠传来“月落乌啼霜满天”的弹唱声。听着那悠扬熟悉的曲调，直觉告诉我，该店真对得上“江南雅厨”的称号。

今文瑜兄的安排都对我的路子：吃陆文夫的『家常菜』，晚宴设青石弄小巷深处、具有浓郁文化气息的叶圣陶故居内，来的人有书画家、作家、学者、资深媒体人等，这些聚吃条件能不让人激动吗！

食在当下

苏州杂志社的文瑜兄约请我去他社里吃晚饭。本来吃顿饭不算什么，但这次吃饭让我激动不已——苏州杂志社，即叶圣陶故居，地处城南一条小巷内，从那里走出过一位著名作家、美食家陆文夫先生。陆文夫先生常年在那里办公，撰写出《美食家》《小贩世家》等多部著名文艺作品，直至现在还影响着一代又一代的苏州人。文瑜兄告诉我，晚饭烹者为陆文夫先生之婿姜洁先生，他虽不是专业厨师，但尤爱烹饪，家常菜做得一流，陆文夫先生在世时常吃他做的菜点，时不时还表扬他“菜烧得好”。也就是说这次吃请的菜均是姜洁先生定制的陆氏私房“家常菜”。当前社会上的人，约请吃饭是件麻烦的事，吃饭得告知人家：“今天吃什么菜？”“在哪个地方吃？”“又与哪些人一起吃？”最后才能让人决定是否赴约。今文瑜兄的安排都对我的路子：吃陆文夫的“家常菜”，晚宴设青石弄小巷深处、具有浓郁文化气息的叶圣陶故居内，来的人有书画家、作家、学者、资深媒体人等，这些聚吃条件能不让人激动吗！

那日宴请，客人落座后即人手一份红枣鸡头米百合汤，刚上市的鸡头米飘出一股清香，几瓣洁白百合漂在汤中，枣红色的汤里放入古法制作的红糖，暖人心胃。两粒红枣散发出扑鼻枣香，汤口清甜，真叫人吃得欲罢不能。

前菜有十只，排列有序地放在桌上，里面有我最喜欢吃的盐水籽虾、糟味仔鹅、五香牛肉等。一款熝味黄鱼出乎我的意料：一块块蒜瓣酥软味浓，鱼肉鲜美、咸鲜中带着黄鱼肉的清香，淡淡的熝香味让人食欲大开。另有一盆南瓜玉米，据说是陆文夫先生生前最爱。南瓜玉米烹调方法简单，但在食材选择上尤为重要，此品为陆先生女婿特地从无锡农村带来的，蒸熟即吃。那南瓜玉米散发阵阵热气，像是自农家田园送来的暖意。我在许多农家乐都吃过这道菜，但今天食之真感不一样：南瓜酥烂软糯，回味甜津津的，玉米的糯感又高一层次，而且在咬嚼中还有甘甜的汁水绽出。吃这些农家杂粮时得用手，亲力亲为。我一直感觉，凡是吃的东西，能用手抓着吃的，都能吃得香，吃得有滋有味，这可能与人类吃食本能有关。

这次吃食热菜亦有数十道，鸡、鸭、鱼、肉样样俱全，头道热菜是糖醋排骨，此菜一直受到陆先生喜爱，他曾表扬说："烧得好，味道到位。"那被枣红色酱汁裹满的排骨，足足有一大盆。我吃上一块，感到酸甜适中——上口时，先是酸甜味，后是肉的咸鲜味。最后咬碎骨头，其骨汁味美膏厚，味道层层递进，吃后口齿留香。轮到酱烧脚圈上桌时，我满心欢喜。那盆脚圈，闪着红红的油光，端上桌时，看那肉圈还在不时抖动，就可知火候到位了。我挑起一块最大的脚圈放入自己盆中，迫不及待地咬上一大口，肥腴油滑的肉皮连同酥烂入鲜的精肉一同进口，满满一嘴巴，一时还说不出话来，邻座一位文联画家吃后已开始连声叫好。不是我贪嘴狠吃一大口，实在是脚圈太诱人了！咽下这口后，我细细品其味道：这脚圈烧得十分用心，火候恰到好处，肉中香料有点睛之妙。香料除五香八角外，还用了丁香等，猪肉与这些香料同烧慢炖，其味悠长，味鲜不俗，回味无穷，就像被施了魔法一样好吃。尤其骨头上的肉，酥烂见鲜，还有旁边的蹄筋，软烂鲜糯。此菜做法堪称一流，脚圈为猪爪上面一段，俗称“脚馒头”，要买到好脚圈才可能做出好菜来。饭后姜师傅告诉我，为了做好这款菜，他在菜场中找了好几家肉店，只为寻找黑毛香猪肉。姜师傅特地关照店家在切割脚圈时要大小均匀，皮与骨不能切碎。姜师傅还说，肉中香料的用法，他都在实际操作中得到了经验，把控数量，点到为止，啥时投放，烹前、烹中、烹后，都有讲究，特别是丁香，用多会刺舌，反而不香，造成异味，不用则难出香气，故而是一种调香的手法，整盆脚圈还用花生垫底，焖烧中花生仁吸收了脚圈中卤汁，酥烂软糯，好吃非凡。我听后真为他钻研烹调技艺的用心和毅力而感动。

这次请吃，令人难忘的菜品还有干蒸童鸡、传统两筋页、香炸带鱼等。干蒸童鸡原汁原味，鸡油漂荡，鸡嫩汤鲜；传统两筋页带有家常风味，让人大快朵颐；那盆香炸带鱼，鲜香无比，在柠檬汁的点缀下，越发诱人。在热菜中，姜师傅还特地做了一只他最拿手的姜母肥鸭，满当当一砂锅的“硬菜”，鸭肥汤美，此乃滋补佳品也……

那晚吃食数量多，盆面大，为了减少浪费，我们还临时叫停了几样大菜。最后的主食是苏州虾肉馄饨，那一只只馄饨细巧可爱，味道鲜洁可口，虽然已吃饱，但还是拼命多吃了几只。

那晚宴毕，走出餐间，抬头见皓月当空，低头见满地银光，院落里凌霄花开得火红，墙角紫竹在湖石后时隐时现，那棵高大的玉兰树挺拔葱郁，满地鹅卵石泛着白光，衬托起园中的夜景。此时我走在回廊里，与文瑜兄诸友告别，想到刚吃的满桌美馔，以及听到的昔时师恩、友谊、亲情之言，实在感动不已。

吹笛虎山桥

老板似乎是一个光鲜职业，其实则不然，他们的烦恼事多着呢。如今当饭店老板，面临着越来越大的压力。一些看上去生意尚可的饭店，其实利润已越来越低。各类费用大幅增加，使得餐饮行业步入微利时代。

饭店老板的烦恼

老板似乎是一个光鲜职业，其实则不然，他们的烦恼事多着呢。如今当饭店老板，面临着越来越大的压力。一些看上去生意尚可的饭店，其实利润已越来越低。各类费用大幅增加，使得餐饮行业步入微利时代。饭店、餐饮企业的社会责任越来越大，避免火灾爆炸、注意油烟污水的排放、保障食品安全等责任，治安、交通停车、职工福利等琐事，全都是压力，全都压在老板身上。加上经营困难、竞争加剧，使老板们的生活、工作状态痛苦万分。有道是，一个企业的成功99%归功于老板，一个企业的失败99%也都归咎于老板，老板们肩上的责任“重如泰山”。

现今饭店老板确实难做：要早起进货，开市时进厨房备料，有的老板要自己烧菜做饭，有的还在店堂招呼顾客，甚至还要出菜、洗碗、擦桌，可谓“件件皆能”。有的大店，人手众多，但店老板还需整日在店，关注生意的起落，直至关门打烊，成为最后一个走的人。一年三百六十五天，老板很少休息，几乎天天在店掌控“一方疆土”：店中事无巨细都得他去处理，饭店开市后，消费者、老熟人总要寻找老板安排点菜——似乎这是一件很有“面子”的事。老板即便有心事，即便处于痛苦状态，也得笑脸迎客，要去应酬。有不少老板吃坏了身子，累倒、病倒，而这都是自己的事，无关别人痛痒，像是“打掉门牙往肚里咽”。企业内部诸多事务、矛盾都须老板调解、处理，员工之间的矛盾，甚至员工中的夫妻矛盾也要老板来处理。饭店里的员工少则几十人，多则上百、上千人，企业如同一个小社会，此时老板像是“总理”那样“日理万机”。

老板们一股劲为社会分忧，大量吸纳下岗人员，吸纳进城务工农民、大学毕业生等，一股劲为社会做贡献，一股劲为老百姓提供价廉物美的食品，但关心老板的人不多。老板们顶着高额的房租、年年提升的用工费用、巨大的融资压力，还有那些不知名的收费，苦苦经营。现今饭店、餐饮店的老板是社会上真正的“打工者”，老板即“板牢”。有些老板在如此困难的情况下还一直坚持着，有的也在行业中自寻乐趣，总说：“没办法，自己喜欢，入了这行，多做做少赚赚。”真是黄连树下操琴——苦中作乐。近期饭店的歇业进入了一个高峰期，有些店不关也转业，有些大店变小店，分割出租渡难关。据有关资料反映，那些中小餐饮企业平均寿命仅2.5年，较大的企业平均寿命也仅7—8年。餐饮行业与其他行业相比，真是“吃力不赚钱，吃力不讨好，吃力是非多”。此行业的老板何以可当？饭店生意看似一派热闹，其辛酸滋味只有老板自己知道。

餐饮业一直被人误解是一个高毛利、易赚钱的行业，一些新闻媒体对餐饮业一直横加指责，如对社会热点“自带酒水、包厢最低消费”等都做出了不恰当的评论。餐饮业现今已成为弱势行业，应该有更多扶持、关心餐饮业发展的政策出台，减税降费为餐饮业减负，已到了刻不容缓的地步。

而今饭店的老板大多年龄偏大，文化程度不高，对互联网不精通，他们往往对“互联网+餐饮”的模式先是“看不见”，然后“看不起”，最后“来不及”。对许多新生事物反应迟缓，仍习惯于使用传统的思维方法及管理经验。面对经济转型，他们所做的改变不多。转型，这两字关乎饭店的生死，那就是不转型等死，转型怕转死。但市场变化多端，新的消费模式出现，“90后”“00后”消费者已成消费的主力，这些都逼饭店老板必须要用新的营销手段、新的发展模式进行饭店的转型升级。可以断定未来餐饮市场拼的是创新，即菜品品质升级、服务体验升级、发展模式升级。传统饭店、餐饮企业的舒服日子一去不复返了，老板也将越来越难当。

饭店老板是在中国改革开放后，社会经济快速发展中涌现出的一类特殊群体，他们应正自身，多学习、善于学习，适应新形势，创新发展，诚信经营，提供优质产品服务于社会。各级部门领导应关心他们的疾苦，做他们的知心朋友，为他们排忧解难，也请社会各界充分理解他们的处境，帮助餐饮业更快、更好地发展。

清澈的高汤、金黄的蛋皮丝、洁白的馄饨，汤上漂着翠绿蒜叶、隐隐可见的墨黑紫菜，还有点榨菜末，沉在碗底的是微红的虾皮，泡泡馄饨如朵朵小型的玉兰花盛开在碗中。

吃食经

一、油条

我打小就欢喜吃油条，金黄色的油条口感松脆、油香扑鼻，长圆的形态总让人欢喜。

当下很难品尝到旧时的油条口味，有些快餐店出售的油条短而小，口感如面包，软浦浦的，像吃面坨，如何能纳入我的“食界”？路边小摊的油条，被媒体揭露其含有“肥皂粉”，且是用“地沟油”氽的，令人厌恶。现在老苏州人想吃到好的油条真犯难。想起我小时候晨起，随便奔往巷口或巷尾，那里均有店铺供应油条，买了油条，用稻草串起来，高高兴兴奔回家。有时还买上几块大饼，用大饼夹着油条吃；用油条蘸着酱油，伴着泡粥吃也别具风味；还可以用油条蘸着乳腐露吃呢。那时的油条吃在嘴里松脆香酥，越嚼越香，越嚼越想吃，真有一种欲罢不能的感觉。

在苏州，用油条夹上咸猪油糕吃，那算旧式标配点心了，也是苏州特有的一种吃法，其口味特点在于油条香脆、猪油糕软糯，两者同吃，让人享受。这种吃法直至现在我仍旧十分中意，有时将油条、猪油糕配在一起吃，还真能吃出点旧时记忆。一种吃食能吃出美味，勾起回忆，足见其魅力。

油条吃法中，另有一种是与豆浆配吃，这也是一种经典吃法。油条吸收豆浆味道，在滚烫的豆浆中变得酥烂绵软，十分好下肚。用油条做菜也较为流行，油条丝瓜、油条塞肉均是佳品。在家庭生活中，在酱油汤中加几段油条，保管此汤似荤汤一样好吃。

有位食友告诉我，近期苏城还有几家大饼油条店可以去吃吃。这些店大多隐没在菜场、小区里，油条做法老道、吃口松脆，我依他们指点找到一家小店，买了几根油条，当场吃了一根，果然不错，有点过去的味道。在吃油条方面我有自己的一套“法则”：油条必须趁热吃，刚出锅的油条不能拿，须耐心等冷一点；吃油条时要把油条整根拿在手上咬着吃，切不能分成两半，不然脆度减弱，油香气减少；油条顶端及尾端结子最好弃之不食，原因是店家制作油条时会加入少量明矾或膨化剂，油条在油锅内炸熟时，这些添加剂在两端聚集最多。或许不吃两端结子就少吃了些添加剂不过是心理作用，但在汆油条时，制作者大多用双手指甲掐着两端下油锅，难免有不洁之物留在两端。当然，这或许是我多虑了，反正我吃油条一直是按自己的想法、路子吃的。

这样的方法是否能让你放心地去吃油条？

二、泡泡馄饨

在苏州的小食中，有一款名不见经传的经典小吃——泡泡馄饨。此馄饨小而精，起泡成形，小如金橘。泡泡馄饨没有过年时吃的元宵扎实，不似苏式汤包娇惯，那包裹在细薄皮子里的一小点红红的鲜肉，点到为止。按我的阅历、见解，世上所有的美好都是微露一点最佳，这样可给人们带来无限想象与一点惊喜。

那碗泡泡馄饨只是一种附带吃食。食客爱点上一客生煎馒头，再配上一碗泡泡馄饨，一干一湿，吃得乐胃。有时用泡泡馄饨和小笼馒头配着吃——这也许是苏州人的吃法。而生煎馒头与泡泡馄饨配着吃，也许是老祖宗传下的“标配”吃法了，此法更能品出苏州传统的美食风味特色。当然，也有单点一碗泡泡馄饨的，就像我这样身单力薄的人吃得少，这种吃法多数是尝尝鲜味，过过瘾。

一日，我又赶去一家苏州小食名店，单点一碗泡泡馄饨。那碗小馄饨上桌时，我眼前一亮：清澈的高汤、金黄的蛋皮丝、洁白的馄饨，汤上漂着翠绿蒜叶、隐隐可见的墨黑紫菜，还有点榨菜末，沉在碗底的是微红的虾皮，泡泡馄饨如朵朵小型的玉兰花盛开在碗中。碗口虽小，所容食物却众多，我先呷上一口汤，真是鲜味无敌，没有比此汤更鲜的了，接着一口一个泡泡馄饨，吃得“心安理得”。那泡泡馄饨未下锅时外形似艺术品，似泡，似皮团，下锅煮熟后吃在口中皮薄爽滑，肉馅鲜美，不用太多咬嚼，就顺着咽喉纷纷下肚，“美不胜收”。最令人感叹的是这一个个泡泡馄饨的制作过程尤为精彩，那是全手工的作品，得练上多年才能达到熟练的技艺：在手心摊着皮子，一手蘸一点肉酱，点入手心中皮子中央，同时手指合拢，掌中留下一空间，眼快手快，大拇指和手掌配合，一抓一个泡泡馄饨。此动作美如音乐家指尖跳跃的音符。

人们常说吃食的艺术来源于生活，这碗小小的泡泡馄饨真是苏州人精致生活的写照。

三、绿豆汤

生活在吴地，盛夏三伏天，冰冻绿豆汤是非吃不可的。苏州人认为清凉的绿豆汤解渴、解毒、利尿、消暑，营养丰富，不是神汤，赛似神汤。

时下各式各样的绿豆汤应有尽有，可你是否吃过旧时标配的绿豆汤？有一日，我与几位沪上友人驱车前往古镇震泽考察旅游项目。古镇宝塔街傍依頔塘河，河水清澈，河上游船浮行。街的东头有高大的禹迹桥，桥堍慈云寺里宝塔高耸。这条古街商店众多，除了古玩店、菜馆，在街西头，还有家供应冰冻绿豆汤的震泽老店。那店大门朝南敞开着，跨入门槛即是店堂。我们坐下后每人要了一碗绿豆汤。盛夏季节，我们走得汗淋淋的，吃上一口绿豆汤，心定气顺，安下心来。

此绿豆汤保持古镇旧时的味道，也可说保持着那里先人定下的“配方”，其中有红绿丝、小蜜枣、冬瓜糖、糖莲心、绿豆、糯米饭、薏米、葡萄干等，把上述需要加工的食材分别煮熟，加入少许白糖及几滴薄荷精，冰镇后即成。此绿豆汤，我为之拍手称好。这些食材在我看来多一样不要，少一样缺味，真乃是标准“配方”。在盛夏喝上此绿豆汤，清爽淡雅，吃在口中，果仁颗粒及米粒在口腔中碰撞，又溢出其他食材的味道，混合在一起，在甜味催动下，凉意四起，沁人心脾。最放不下的是那丝丝清凉，清新脱俗的口感，使人心静自然凉，让人难以忘怀。

绿豆汤制作看似简单，也没有特别的技巧，但收集、准备这些食材不是件容易的事，绿豆好坏直接影响到绿豆汤的质量，糯米饭的多少得掌握分寸，红绿丝的多少关系汤中色彩，缺一不可，且烧煮得有耐心。食客吃时也得细嚼慢品，感受那又甜又凉的感觉，吃其真味。在吴地，绿豆汤不作为点心来吃，而像零食一样，一般以下午吃为佳。吴地人家，在夏季家家自制绿豆汤度夏，而且家家均有自己制作绿豆汤的“配方”，但其中绿豆、糯米、冬瓜糖这几件是铁定有的，其他的就随意了。吴地人家的精致生活可见一斑，这也是对生活的一种态度。现时绿豆汤已登上“大雅之堂”了，在盛夏不少宴请中，绿豆汤作为甜品出场，深受食客欢迎。

一碗绿豆汤是吴人对夏季的告白。

这些旧货承载了一个时期的文化，我买这些玩意儿说不上为收藏，只是买一个喜欢，买一个『愿』字。或许我永远在这个『愿』字下作乐，自行满足。苏州人讲：『好白相。』

老同事的旧货店

我有一个习惯，饭后总喜欢散步。有人告诉我“饭后百步走，活到九十九”，也有人信仰“饭后一支烟，赛过活神仙”。生活在世上，各人有各人的活法，我则认为饭后的散步能帮助消化，有利于下一顿的进食。我一直很贪嘴，饭桌上不肯轻易罢休，吃饭前总告诫自己少吃点，可上了餐桌就全忘记这话了，碰到对路的可口菜肴更是欲罢不能。同桌食友有时夸我食欲好，也有人背地里称我“馋痨胚”，但我仍我行我素，你说你的，我坚持“吃是硬道理”，吃多吃少是自己的事，与他人无关。在这种意识指导下，我吃饭餐餐都吃得过多，所以饭后散步对我来说总是十分必要的，真所谓坚持数年必有好处。

我散步一般没有目的地，不过随便走走。我偏爱走在苏州的小街小巷里，或是河边。好在苏州古城本身就“双棋盘”的格局：有一条小街，旁边必有一条小河。如今苏城又有了几条健身步道，走在那些路上，心情自然放松。散步时，一些生活场景跃然眼中：路边的花猫小狗在阳光下打盹；沿河居住的老人躺在家门口的藤椅中，闭着眼听收音机里播出的评弹；大姨、大妈在井边洗衣汰菜，边说边笑；时不时有人骑着自行车从我身边经过……所有这一切都出于市井生活，就是那样闲散自然。

有时我总会不由自主散步到小巷深处的一些旧书店里，在那里寻觅古旧菜谱、食单，也跟那里的书店老板交上朋友，他们采购到这类书籍总是先打电话给我，让我挑选。旧书店里的气息我一直很喜欢，有时竟流连忘返。文学山房书店就是我常去的一家店，老掌柜江老师当然是我的老友了。我家里那几本木刻本《居家必用事类全集》《随园食单》等，就是江老师卖给我的。这些书籍虽然时隔久远，但我读起来只觉亲切享受。那日午饭后，我散步在城南小街石板路上，一家旧货店，引起我的注意。按理说苏州旧货店不少，但家家旧货店都是灰尘斑驳，蓬头土脸，大概店主认为旧货店本身要有旧气，物件在灰尘中似乎才算披上了“旧货”的外衣。但这家旧货店则反其道而行之：窗明几净，物件摆得井井有条，陈设也颇为讲究，古色古香的博古架、琴桌、书架，俨然像是一个收藏家家中的摆设。

我走入这家店，店主起身相迎，想不到店主竟然是我在松鹤楼工作时的同事。他比我小几岁，本是位厨师，烧得一手好菜。他家原来是开旧书店的，他从小耳濡目染，看惯旧货，退休后就全身心投入古玩事业。他一边做旧货生意，一边在店中喝茶闲养，倒也十分自在。我们见面后，他热情地招待我，我们谈起在松鹤楼工作时的往事，越说越起劲。他毫不隐讳地告诉我，他入旧货行业，全靠他父亲的指导帮助，他父亲是一个斯文的旧货商人，不同于马路边的地摊商，对商店管理极严，经商态度认真，讲究诚信。而今他父亲已过世，他接手这家店，也接过他父亲的经商衣钵，所以店里管理十分到位。店虽不大，但文化气息浓厚，字画、木器、杂件、古玩摆布有序，一件是一件。有人来店买古玩，他尽量说明古玩的来路、价值，自然生意好。

我想，与老同事久别重逢，总得捧场买点啥，环顾四周，在柜子底下发现四只圆口红漆小木盆，惹我喜爱。旧时苏州的大户人家祭祖，常用此盆摆放糖果、糕点、水果，如今这种红漆小木盆已少见了。若用它盛放茶食能“自成一景”，自赏、自玩、自品，何乐不为呢？我那位老同事也看出了我的心思，问我是否喜欢这套红漆小木盆。我说你开个价吧，并想着绝不还价，但他执意要送给我，我哪里肯收，最后他开了一个低价，像半送半卖价，我即乐意买下了。

这些旧货承载了一个时期的文化，我买这些玩意儿说不上为收藏，只是买一个喜欢，买一个“愿”字。或许我永远在这个“愿”字下作乐，自行满足。苏州人讲：“好白相。”

那日散步，散到了旧货店，碰到老同事，买到自己喜欢的物件，这可能就是我“好白相”生活的一部分。

我虽躺着，但能感受到他用正手刀顺刮脸面，又用反手刀刮起我的颌下颈部，时快时慢，就连两只耳朵旁也都感到『轻刀走过』。

理发

过去人们理发须选吉日，说是能带来好运，我理发却顺着自己的心情。

秋分那天，我起了个早，想去理个发，调整一下自己的心态——我总把理发看作一个“洗心革面”、洗涤心灵的过程。保持清洁卫生，整理好头发、形象面对社会众友是自己多年养成的习惯。我每月理一次发，有时感到疲倦也去理个发。如今的理发与旧时大不一样，得与理发师事先预约，理发店也变作了“美发工作室”。我去的那家美发工作室在工业园区一座高层建筑内，是一家四十多平方米的叠加住宅，去的都是熟客。不知为什么，我理发总相信自己熟识的理发师，一来二去，我与理发师似旧友了，不去时还相互牵挂呢！

我对理发，打从幼时就喜欢。有些小孩惧怕理发，理发时大哭大喊，我却十分坦然，理发时任由理发师摆弄，理发师也总夸我听话懂事。我家旧居在玄妙观后牛角浜，旧时，那条街一头通往玄妙观、观前街，另一头通旧学前、临顿路，从娄门等地区进城到玄妙观“白相”、去观前购物的农民及市民都得走过牛角浜，因而此路总是人来人往、车水马龙。牛角浜那时店铺林立，照相馆、旧书店、齿科诊所、杂货店、理发店、“相面”店等，一家挨着一家。我家对门就是一家理发店。不要小看了这家理发店，那时苏城理发大多为理发摊点，露天理发，还有挑着担子“走街串巷”的理发人。那时我经常去那家理发店玩耍。小时候我还留着一条小辫子——旧时有男孩留小辫子“留得住，长得长”的说法，因而我理发时总要花费好长时间。理发店老板徐金荣膝下无子女，看我长得活泼健壮，从不收我的钱，有时还留我吃晚饭。我清楚记得有次在他家吃到鲜美可口的红烧黄鳝，那黄鳝是他老家扬州的亲友送来的。一段时间下来，我妈决定要我认徐老板为“干爸”，苏州人称“寄爷”。我当然遵我妈命，从此我有了一位做理发师的“寄爷”。我“寄爷”理发技艺高超，男式、女式发型都会做，尤以男式见长，行业中称他为“徐一把”。他另有一个绝技“挖耳朵”。有些老苏州人在理发快结束时，会让理发师掏一下耳朵，把耳朵里的“脏物”挖净，也享受“掏耳朵”时带来的乐趣。我曾看到他藏有一个如毛笔杆大小的竹筒，里面藏着各种细细的竹杆——“掏耳朵”的工具，我还轻轻地摆弄过。他带出的徒弟日后在苏州紫罗兰、白牡丹、汉民等几家著名理发店成了技术骨干，如徐宝庆、蔡宝清等已成为苏城理发行业的一代技师。

旧时，男式理发虽然时间长但不失为一种享受。老苏州人都喜欢旧式理发，理发师傅站在你身后，用“轧剪”（又称推子）推剪头发，全靠手上功夫。修剪头发相当耗费体力，理发师需站直身板，手上用力，精神专注。男式理发中，最后环节即“修面”，尤为重要。人躺在理发椅上，脸上覆盖一块滚烫的毛巾，只露出两只鼻孔，待毛巾稍冷时，理发师即掀开毛巾，用锋利剃刀在你脸上轻轻刮起，像是抚慰着脸上每一个毛孔，脸上胡须处用小扫帚沾着肥皂水轻轻擦上几遍，手起刀落，那些毛发被刮得一干二净，随后在脸上擦上些润肤脂保护皮肤。理发中的“修面”是门特殊技艺，不是一般理发师能驾驭得了的，得入行即学各种“刀法”，被称为“童子功”，得练上多年，不然拿不准力道，在人的脸上“胡乱”下刀以致“刀伤脸破”。也有的理发师干不了“修面”这活，只得改行，有的学做女式头，有的“打杂活”……

现今的理发店多改为美发厅了，理个发收上百、上千元都有，有的逼着你办卡，让你在卡里充入上千、上万元去消费，价格上升是必然的。但服务总是跟不上，如取消传统的男式“修面”服务，打南边开到苏州的众多理发店，理发师多称自己为“美发造型技师”等，“修面”技艺他们入门就不学，整套理发过程就是用大小不等的“剪刀”修剪头发，称为“精剪”，洗头也得躺着洗，又增加不少按摩、染发等服务。有时他们这代技师剪出的艺术发型，在我看来真是“怪头”，但喜欢这类发型的也大有人在。时代进步了，发型也在改变，各人有各爱吧！

我常惦记着旧式理发，顾客进门时，理发师即热情接待，引至理发椅入座，并对顾客的头型、发式、脸型观察细致。围上大围布，在你颈部扑上爽身粉，接着会轻轻梳顺头发，此时理发师会问你理发的诸多要求，如头发长短、发型是否要变、要不要“刮脸”等。理发师善于观察顾客的心理活动，有时他们会主动提出一些建议，如头发留长还是留短、发型如何变化等，让你在放松的心情中享受理发的快乐。“修面”是我在理发中坚持的“一门功课”，因此我总得与自己熟识的旧式理发师相约。

今日我如约而至，走进门来，室内已有好几位在等着理发，幸好我熟知的刘师傅今年收了一位学徒，师徒俩一起工作。刘师傅原在市中心的汉民理发店工作，由于工作努力、技术全面，被店里公派到上海、扬州等地学习深造，回来后在汉民理发店当了店技术指导、特级理发师。后来因种种原因，刘师傅离开了汉民理发店，自己开店维持生计。我是他的老主顾，行业称我为他的“老点（属他的老客）”，为了理发，我已追随他多年。我进店后，他打着招呼请我先坐着等他把手上活做完。不一会儿，我坐上他的理发椅，寒暄几句后，我开始闭目养神。刘师傅深知我理发的发型要求和习惯，我也就放心把一切就都交与他了，随之心也静了下来。不知怎么的，我头脑中开始思索起自己的事来，近期在公众场合有没有说错话？办错事？有的话今后要改。然后又在头脑中整理着近期人生道路上的不足，又思考有没有人要我办的事没有给人办好。“搜肠刮肚”地想着，还真想起一件事：近期在一次饭局上，碰到一位来苏开了一家饺子店的新苏州人小吴，他要我给他写一段“美食小文”，放在他的店招旁做说明，要没有这次理发的静思，我早将这件事忘了。如今餐饮市场上，小众美食遍地开花，初来乍到的外地人在苏州打拼实属不易，应该为他写些东西，助他一臂之力。此时也趁闭目养神之际打起“腹稿”。我正想这些事，刘师傅轻轻推起我说去洗头。他洗头动作幅度小，“搔头皮”的洗头方式，轻重有度，抓透冲净后，舒适无垢。我再坐到理发椅上，刘师傅缓缓把椅放平，开始给我“修面”。他那把锋利无比的剃刀若有若无地落在我脸上，如同春风拂面。手起刀落，落下毛须油垢，整个脸孔全部被轻刮干净。我虽躺着，但能感受到他用正手刀顺刮脸面，又用反手刀刮起我的颔下颈部，时快时慢，就连两只耳朵旁也都感到“轻刀走过”。理发“修面”对我来说真是一种享受，在理发师的利刀漫舞中，我有时还会“迷糊”睡上一会，真要感谢“老祖宗”传下这门理发中的手艺。如今这“修面”手艺面临断层，市面上大多数美发店已没有此服务了，真可惜呀！

今日我理了一个发，像给自己近期的人生开了一个总结会，走出店门时，整个人精神为之一振。

那主考官问：『先生，你多大岁数？』我以为露马脚了，索性说了实话：『三十年前三十三。』那主考官不知听没听清，只说：『三十三岁正当年。』临出考场门时，邻座的那位女记录员追上来送我离开，轻声对我说：『老先生，你好口才……』

应聘记

多年前，我不知为什么，去参加了一次招聘会，如同演出一场话剧，要知详情，请看以下剧情。

一家大型美食城贴出广告，招聘高级服务人员。年龄二十至三十五岁，男女不限，学历大专以上，身高方面，要求男一米七五以上、女一米六以上，还设置多款其他规定，薪酬只说一句“工资面议、待遇从优”。此广告还在广播、电视上反复推出，网上也是一片广告声。说实话我对此类招聘没有任何感受，因为我那时参加工作是服从分配的，只想有一份工作就十分满意了。

俗话说：“男怕入错行，女怕嫁错郎。”其实我们那个时代，工作没有选择的余地，不怕入错行。女孩没有特别强烈的自由恋爱的意识，也不怕嫁错郎。那时流行一句话：“三百六十行，行行出状元。”我那时从农村返城，原本一门心思想到照相馆工作，没想到去照相馆的名额被人“开后门”弄走了，于是我被分配到松鹤楼菜馆去工作，从此在商业系统饮服公司一干就是几十年。当今年轻人一方面面临工作难找的情况，另一方面他们对工作也有了更多的选择权。有了工作，如果干得不称心、待遇不高，也能“跳槽”，另选他业。社会进步了，经济发展了，就业形式多样化，创业的天地更宽广了。

有些招聘广告，承诺的多，兑现的少，有时还带有些欺诈性。对此，我一直耿耿于怀。这次广告宣传的美食城开设在市中心，是我的朋友开的，我决定去应聘试试，一来感受一下招聘全过程，二来切实了解一下招聘实情，三来老板是我朋友，即便有事也能私下了结。

我在应聘表格的年龄一栏填三十三岁——其实那年我已六十三岁了，还不敢用真名，用了我的曾用名“华天”，那是我上小学一年级时，班主任给起的。我儿时调皮好动，食量又大，到了上小学的年纪，外婆带我到学校报名。报名那天，老师问我叫啥名，我说叫“小狗（乳名）”，老师看着我问外婆：“怎么叫小狗呢？”我外婆笑笑说：“他属狗，‘小狗’这名就一直叫到现在。”老师一本正经地说：“在学校不允许这样叫，要不然我给他起个名吧。”外婆欣喜地点着头说：“好呀！”老师说：“那就叫华天吧。”就这样，我有了名字。但后来我祖父知道此事后，给我起了一个正式名字，一直用到现在。

数十年以后，我在松鹤楼菜馆当上了经理，有一天在不经意间碰到了我那位小学班主任，他笑眯眯地看着我说：“‘华天’这个名字虽然你现在不用了，但那时在小学班上叫得蛮响的。”我说：“谢谢您给我起了个好名，我现在有时写文章还用此作笔名呢。”老师握着我手说："好哇好哇，你可知当时我为什么给你起此名？那时你外婆说你食量大，喜欢吃，我即想起名句'国以民为本，民以食为天'，而今你又从事饮食工作，此名起得更准了。"我想，或许我此生早被此名定义了，一辈子与吃食打交道。

应聘那日，我早早起身，穿上白衬衣，结上领带，外穿一身墨青色的西装，脚蹬黑色皮鞋，雪白的头发早已染成黑发，脸上已做了几次美容，一副容光焕发的样子，还特地配上一副金丝边平光眼镜。真是老黄瓜刷绿漆——装嫩。这家美食城招聘地点选在一家五星级宾馆，我到那儿时已有不少人在等待，我按通知要求先去拿号。发号的工作人员随手给了我一张"十三号"，我心想，我装嫩来应聘，真是有"十三点"的味道。我坐在那里一直低着头，怕被熟人看见。不多时，我被叫到号，进了面试间。那是一间硕大的会议室，一个长条大桌，上铺雪白桌布，中间坐着一位中年男士，胖墩墩身材，圆脸，鼻梁上架着一副大框黑边眼镜，离他不远处坐着一位女士，像他的记录员。我在他对面坐下后，说："主考大人好！"他微微点头，用带着苏北口音的普通话说："请自我介绍一下。"我说："我叫华天，大专学历，身高一米七五，籍贯苏州，从事餐饮工作十年……"随后他递给我一本厚厚的菜谱，上面有图片、有价格，也有简单说明，要求我根据菜谱上众多菜点，开出一张一千五百元的菜单。我只浏览了一下那菜谱，心中就有数了，几分钟就按十人量编排成一张菜单：有八单盆冷菜，其中四荤四素，热菜为八菜一汤，另配两道点心，最后上时令水果、甜品。我安排的八道热菜比较完整——把他家招牌菜悉数写了进去，掌控好禽类、水产类的搭配，又配上绿叶时蔬。那主考官看时不断点头，像是称赞，又像在犹豫，随即问我：“你理想的月薪要多少？”我说：“至少六千。”那位主考官对我翻起了白眼，轻轻说：“一半。”另加上一句：“食宿自理。”我想，你们招聘广告上写着“待遇从优”，竟是这样的“从优”？没办法，那时我只能点头表示同意。主考官随即说：“明天来上班，先到人事部报到。”我正要起身离开，那主考官问：“先生，你多大岁数？”我以为露马脚了，索性说了实话：“三十年前三十三。”那主考官不知听没听清，只说：“三十三岁正当年。”临出考场门时，邻座的那位女记录员追上来送我离开，轻声对我说：“老先生，你好口才……”

回家后我仍愤愤不平，随即打电话给美食城老板，诉说我的应聘经历，指责“待遇从优”是假话，我那位仁兄却在电话里哈哈大笑，说道：“你在演戏吧……”

我们吃得多了，吃得过饱了，肚里油水满满，致使对食物嗅觉迟钝，味觉开始麻木，消化能力减退，这正应了古人说的『多吃无滋味』。同样一个人、一张嘴、一副肠胃，清贫时常遇到好味道，富裕时只有苦滋味。

吃食之欢

苏州人的生活，一直被称为“苏式生活”，“苏式生活”的具体定义又是什么呢？那也只能见仁见智了。但在苏州的吃食生活中，一直有许多通俗道理，让你无论在生活困难的时候，还是富裕的时期，都感到舒坦、愉悦。“吃食看来方，穿着看作坊”就是一例，短短一句话，十个字，说得简单，但道理十分透彻，意思是生活中的吃食、穿着要看来源，有多少钱办多少事，勤俭有序地生活，努力工作，才能改善吃食、穿着。苏州人一直坚守着这种朴实信条，用此指导自己的衣、食、住、行。

旧时经济困难时期，苏州人家的收入普遍不高，一个月的工资仅够一家糊口。就我家而言，仅靠我父亲收入，要养活全家八口人，不得不过紧日子。在吃食上，我们大多数时候，早晚两顿都吃粥或泡饭，用酱菜作为下粥菜。这种酱菜是用粗盐加工那时两分钱一摊的胡萝卜丝而成。我们只有中午才能吃上一顿饭，下饭菜是一两道简单的蔬菜，少油，少作料，甚至有时仅靠一碗酱油汤下饭，更有困难人家，一天仅用两餐维持。苏州文人、作家包天笑先生在《衣食住行的百年变迁》中曾写道："就我家乡苏州而言，各业中颇有一日两餐的，据云，一为水木工人（修造房子的，都为苏州香山镇人），一为船家（雇用于人的）。"

又说"苏州人每天的生活都是从一碗面开始的"，那是生活逐渐好起来的事了。以前过苦日子时，吃一碗阳春面（光面）也得等到发工资那天；吃上肉面，那是家中有人过生日了；平时生活中，每月若能有一两次吃上肉，也是逢上了大事——不是过节，就是有客到来要撑门面；能吃上一条鱼，就得挨到过年的时候了。

待到生活逐步好转，苏州百姓仍过着简朴生活，因为我们早已习惯那样生活了。

那个时期，苏州市场上小饭店、小吃店逐渐多了起来，吃食丰富了许多。我曾在苏州绿杨馄饨店吃到一碗馄饨，至今难忘。绿杨馄饨店地处观前街邵磨针巷口，供应馄饨、小笼。绿杨馄饨当时是一个名点，生意红火，顾客盈门，要吃上一碗他家的馄饨并非易事。那天我吃到的荠菜肉馅馄饨，个个灵动细巧。洁白馄饨皮透着淡淡的绿色，那是馅里荠菜的光泽，不可思议的是在馄饨的最上方有一撮鸡丝和蛋皮丝。鸡丝如玉，蛋皮丝金黄，两者掺杂在一起，清淡的馄饨立时因之增色。咬开一个馄饨，满嘴都是荠菜的清香，舌尖流淌着鸡肉、猪肉的鲜美汁液，当时的感觉真可谓："此味只应天上有。"我就这样一口鸡汤，一个馄饨，相伴着蛋皮丝、鸡丝吃了精光，每一口都是难忘的美味。从此我的吃食味蕾被真正打开，我也曾暗自立下誓言：等我有工作、有工资后，天天来吃碗馄饨。

对我来说，儿时的吃食记忆永远是抹不掉的。那时的面、那时的肉、那时的鱼、那时的馄饨的味道，已经永远铭刻在心里。像我这样劳动人民家庭出身、从困难的岁月中走出来的人，与清贫常伴也是一种福分。我们这一代人就是从艰苦环境中成长起来的，致使我们养成了在生活中对所有食物都怀着一种敬重与珍惜的心情。我常说："现今要加倍多吃，把过去吃食上的损失夺回来。"但这只能说说而已，过去只能过去，回忆才是最美好的。

在吃食上，另有一种古老说法："食无定味，适口者为珍。"这是告诫吃食的人不必为吃食的好与坏下确切的定义。人在社会上的经历不同，每人的口感不一样，爱好不一样，口味也受地域菜系特色的影响而不同。直白点说："对自己路子的都是好吃的。"但饮食总得有一定的物质为基础，为前提，有美食家认为吃食享受分三个层次："第一层为物质上的享受；第二层为精神上的享受；第三层为灵魂上的安抚。"总之，人活着总得吃饭，民以食为天，至于在哪个层面上享受，也只能自己去体会了。

当今社会进步，经济繁荣，人们收入水平普遍提高，吃饭已变为易事，食物种类也极大丰富，吃鱼、吃肉、吃面等已成生活常态，去饭店吃饭是随时随地的事。但从我的感受来说，旧时的味道遗憾地远去了。有人说，这是因为环境、食材变了，烹调技法不如从前，调味副料掺了假……其实真正原因是我们吃得多了，吃得过饱了，肚里油水满满，致使对食物嗅觉迟钝，味觉开始麻木，消化能力减退，这正应了古人说的“多吃无滋味”。同样一个人、一张嘴、一副肠胃，清贫时常遇到好味道，富裕时只有苦滋味。难怪历史上早有人说：“在这世上，只有饥饿最好吃。”到现时又引申出食经：“吃饭七分饱，要享受美味须与饥饿同行。”

我相信，老严一碗面和震泽四季家宴美馔也会让你难以忘怀，还有河边店里那位老奶奶制作的黑豆腐干与油豆腐正等着你……正如歌中所唱的，『留下你的足迹才美丽』。

总想带你去一次震泽

古镇震泽四季家宴即将发布，诚邀苏、沪等地的食客、文人朋友前去捧场，组织方要我请些苏州文人、美食家同行。殊不知当下请人吃饭是件难事——我周边那些文人食客个性特强，清高不说，还总怀着那一份“自恋”的情结。我发出信息邀他们同行震泽，回复总是近期“档期”排满，不好意思早已被人约了等，更有朋友说，你自己去吧，何必还带人呢！说实在的，人总是有情怀的，与人同行、同食也是一种相聚的快乐。但有时人太多，特别是陌生人多时，也感无趣。人呀，总是那么矫情！

那日我还是应邀前往。到达震泽时，我见时间尚早，便在沿河茶室的回廊吃茶。看着河里静静流淌的河水，我的思绪也回到了十多年前。当年，我被市旅游局邀请到震泽镇考察，座谈讨论开发古镇三产、旅游服务业等活动。我清楚记得在那次座谈会上，乡党委书记滔滔不绝讲解未来古镇旅游开发规划以及工业、农业发展远景。十多年过去了，在历任镇领导努力下，经过全镇百姓勤劳共干，这些规划发展都得到落实，而且其发展进程远远超出当年预期。而今震泽已被建设部列为第一批中国特色小镇，被中国商业联合会列为特色商业街区、丝绸小镇、特色农业小镇，被中国烹饪协会命名为中国太湖农家菜美食之乡……震泽的种种荣誉为古镇旅游事业添彩，而古镇旅游已成古镇名片。这次推出的古镇四季家宴更是把美食与旅游融在一起，吸引更多的人到震泽品尝农家美味，也通过这次机会，向世人展示古镇震泽如今已成为乐居、乐业、乐游的美丽家园。

每次来古镇我总有忘不了的三件事要办：第一件是在河边老地方"四碗茶"那里吃茶，哪怕只有自己一人，我也会坐在那里自得其乐；第二件是总会找个理由去老严那里吃上一碗"老严酱鸭面"，哪怕已吃过早饭、中饭，仍要品味这古镇美馔；第三件是总要信步走上高大的禹迹桥，站在那桥顶看看古镇全貌。

回家时，我总要买上些土特产。首选震泽特产黑豆腐干和油豆腐，最喜欢仁昌食品的糕点，青团、油墩、熏青豆、"牛舌头"、橘红糕、斗糕……还有古镇特产"腌制大头菜"，有时还能碰上刚上市的香青菜、太湖萝卜、鲜藕、菱角……我是不想把生活过得简单与枯燥的人，尤其在吃食上，有这些吃食相伴，我总觉得心定气顺。生活像古镇的那条河流，日夜流淌，看似平静，但充满着勃勃生机。

那晚古镇震泽四季家宴发布会选择在美佳乐大酒店五楼举行，我到达时，上海的那些食客、文人都已到达，另有一些饮食界朋友、大师等齐聚一堂，主办方简单说了几句就邀大家入座。当晚古镇领导因临时有事，那主位就没人坐了，大家一致推荐我入座，我无法推辞，幸得这次聚吃都是熟人，也并不是中规中矩的新闻发布会，就这样“顺水推舟”地入座了，大家也依次入座。不知谁说：“开吃。”大家就举杯吃开了。

此宴的前菜有白斩肥鸡、苏式熏鱼、醋浸海蜇、葱油莴笋、糯米糖藕及雪菜毛豆，这六道前菜无论从色泽、口感的搭配上来说，都可见制作者的良苦用心：兼顾多种口味，又具有水乡特色，特别是装盆很见心思，六只高装碗盆，颇具家宴风范。白色的是鸡、红色的是糖藕、绿色的是莴笋、黑色的是熏鱼及醋浸海蜇。在这些色彩缤纷的冷菜中，我始终认为最出众的是那道白斩肥鸡。苏州人爱吃鸡如同南京人喜食鸭一样。回想起经济困难时期，能吃上鸡是家里一件大事。活鸡买回家须自己动手宰杀、去毛、开肚、洗净，一系列工序复杂烦琐，但每每有鸡吃，小孩们都雀跃欢呼，大人们忙这忙那，也相当快活。碰到杀公鸡时，大人还拔下几根金褐色的鸡毛做成毽子，给孩子们玩。过去吃白斩鸡是有时段的，一般均在节假日，尤其是大年夜，所以苏州人吃白斩鸡很有仪式感。那晚吃到的农家土鸡做成的白斩鸡，鸡皮洁白，皮下黄油闪闪，鸡肉鲜嫩，让我们吃到了旧时的味道。

此宴热菜配有八道，分别为芡实虾仁、扁尖炖老鸭、冰糖鳗鱼、栗子红烧肉、葱爆菱角、芙蓉昂刺鱼片、大头菜银鱼、香菇菜心。那头道芡实虾仁上桌时“光彩夺目”。只见一只长方形盘，盘中配有莲藕、鲜荷花，虾仁鸡头米盛放在一张碧绿荷叶中，飘出阵阵清香。金秋时节，鸡头米与虾仁真是绝配，洁白无瑕，柔糯成一体，淡淡的鲜味带着水乡的韵味。要说我最喜欢吃的热菜，要数那盆栗子红烧肉。这盆闪着油光的红烧肉配有酥糯的栗子，另配有一个个用面粉发酵制成的蝴蝶夹子。丰富的吃食经验告诉我此肉吃法，我即拣起一块红烧肉放入蝴蝶夹子中间，让面皮吸收肉油，咬上一口，肉油绽出，松松软软，鲜劲十足。我心想，这种菜肴与今晚家宴主题是绝配，家常口味总是能让人吃好又能吃饱。我一直是逢肉必食者，对红烧肉尤其钟爱，邻座上海食友问我味道如何，此时我在大快朵颐，满嘴是肉，只能竖起大拇指示好。在我的示范下，同桌的上海食友们按照此吃法都把红烧肉吃了个精光，也真正品味到震泽家宴中真味。

那盆大头菜银鱼引起上海食客的疯抢，这道菜的食材均为当地特产，简单朴素，大头菜腌制后切成丝，可拔去一些咸味；银鱼出自吴江东太湖，这菜中银鱼用的是干银鱼，在水中泡发后与大头菜同炒，肉质细腻坚实，爽口开胃。这看上去简简单单的轻调浅烹，却做出了可佐酒的美味。家宴中能有这样的菜肴出现，表现出制作者的“用心良苦”。

热菜另有几款菜肴无论食材、色泽的搭配，还是烹调制法都一改常法，巧花心思。如葱爆菱角是金秋水乡的特色代表；芙蓉昂刺鱼片用炖法，炖蛋中夹杂几片鱼片，清雅鲜嫩；冰糖鳗鱼是古镇的传统菜肴，用古法制作；另有一锅扁尖炖老鸭，原汁原味。这些菜品都新意迭出，滋味突出，让人感动。此次震泽家宴定位为秋季版，在秋意正浓时举办，正合时节。这些秋时的特色食材采用健康的烹饪

州吃饭是吃厨师”。等了很久，终于上菜了，头菜即是一盆沙拉，红红绿绿的各种蔬菜被切细拌匀，那白色鸡蛋白片也跃然其中。在沙拉酱的调和下，蔬菜的酸、甜、苦、涩尽出，足量的橄榄油散发清香，飘逸在整个屋内，还未开吃，我的脑神经就已感受出菜的滑爽清口。那只墨青色碗中盛放着的葱油南瓜甜糯可口，葱油肥香，在吃食过后还在舌尖留下丝丝辣味，真乃复合味中的奇品了。在我回味南瓜奇味时，一盆奶油大虾上桌了，在洁白奶糊里泡着虾球配上碧绿的芦笋，似西菜做法又有中餐烧法，倒也十分大方。此菜入口有肥腴鲜香，鲜奶、芦笋、虾球三者完美结合，别出心裁。

竹笋炒猪肝原想应是酱香味十足的炒菜，端上桌后，只见盆底溢出辣味的红油，顶端放着颗粒状的青花椒，那吃口真叫一个麻辣呀！虽然朋友一直提醒吃此菜要当心强烈的辣味及椒麻感，但我还是被辣得额头出汗、舌头蜷缩，真是“贪嘴不留穷性命”。另有一盆牛油果拌牛肉粒，荚香味十足，甜糯中另有一种鲜腻腻的口感。姜香烧肉，那姜片味透焦香，切片的猪肉，肥美香浓。此菜还加用鱼露烧制，充满鱼香味，风味独特。豆腐烧鲈鱼，呈棕黄色，鱼身上盖满香菜及紫苏叶，鲜香诱人。虽然味道鲜辣，但这鲜鲜的、辣辣的、凉飕飕的味道，倒是十分美味，那几块鱼中的豆腐尤为入味。另有一碗原汁鸡汤上桌，人手一份。那汤清澈见底，上面漂着金黄色的鸡油花，不放任何调料，连盐也不放，执着地追求原汁原味。此汤看似淡薄，但充满鸡香味，开发出我舌尖上另一片味觉天地。

那天吃了许多在我看来很另类的菜，那些菜似川菜，似湘菜，似苏菜，似西菜……其实都不是，只是那位叫“旋子”的女孩自己喜欢做的菜。

在我看来，旋子还十分年轻，所以可称她是一个大女孩。她是江苏人，生在盐城，长在北方，生活在南方。她长得胖乎乎的，脸上总是泛着红光，好像永远充满着幸福感。人辛勤直率、个性突出。她做的菜是自己亲手调制研发的菜肴。她曾是文化达人，也是美食追随者，对美食有自己的独到见解，也游走在国内、国际美食前沿，开餐厅纯属是因为她爱好美食。

据我所知，她的菜品力求体现材质本味，主题突出，力求精细，不惜工本地采购优质食材。在制作技艺上也力求体现菜肴原味。我在这些吃食中吃到的不仅是菜肴本身的味道，更多的，品出她对菜品的理解及她的人生阅历。她的餐厅每天仅接待三十来位客人，每天仅做夜市，几乎天天客满，在网络上已走红多年了。

这次吃食，对我这样的老苏州人来说，味道是完全不对口的，但也有一种新异感。原本饮食文化就一直倡导多元化，菜品也须不断创新、改变，跟上时代节奏。人们喜欢的菜品就是市场需求。

人生活在当今社会中，总要享受现有多彩丰富的物质生活，在吃食上，人们换换口味、换种吃法被称为“时尚”生活，也许那里的菜适合年轻人、白领、新苏州人等。这家餐厅的菜在一定程度上丰富发展了苏州的餐饮市场，符合更多人的需求，推动苏帮菜的创新。

我想或许明天的苏帮经典菜也会从这家餐厅走出来。

清风数卷诗

苏州有些菜的甜是菜的灵魂，但不是道道菜肴都要甜。虽说口中甜味就舌尖上那么一点动静，但这关系到一个菜系的特征，更是一个城市的文化特色。如果认为甜压过了其他所有的苏州味道，也是不恰当的。

话说苏州菜的甜味

不少外地人对苏州菜的评价就一个“甜”字，有不少人问苏州菜为啥是“甜”的，何时开始变“甜”的，似乎“甜”把其他的味道都挡了回去。在我看来，其实苏州菜的“甜”是指该甜的菜必须甜，不该甜的绝不能甜，这“甜”是苏州菜肴的特色，来源于人的习惯，来源于生活环境，又来源于城市文化。

对人们来说，甜味是人类最能接受的味道。人生下来第一口吸入的母乳是甜的，那是生命本源之味，是味蕾的开启。在随后成长过程中，甜味亦与我们常相伴随。喜欢甜味是一种本能。哪个孩子不喜欢吃糖？糖是甜的，甜味催人成长，甜味怡人心田。在吃食五味中，甜味的宽容度最高，可与其他味道组合、融合，提升味道、丰富味道。甜味与苦味看似是相对立的，但甜与苦也是相融的。如苦尽甘来这个成语，其实也来源于生活：蔬果有不少品种都是先苦后甜。甜与酸是一种组合，合成酸甜味，为大众所喜爱。咕咾肉、松鼠鳜鱼等酸甜味菜肴也是深受人们欢迎的，那些酸甜饮料、食品一直为消费者所热捧。甜与咸是对立的，亦是互补的，甜过头了适量加些咸味就能中和些，反之咸过头，加入些甜味也略能减少些咸味。辣味与甜味看似势不两立，但用得恰当也能相互作用，辣味菜肴中放入些糖后就增味不少，使味道更有层次感，尤其是当代的厨师尝试的一些创新菜肴，使得一些微辣、微甜的口味成为一种时尚口味。说到底，甜味是味道中的基础，甜味也是独立的，它源于“自然”却高于“自然”。

在苏州的菜肴中，一切红烧的菜品均是要放糖的，目的是增味、提鲜。但因菜品不同、用糖量不同，其效果也不一样。苏式菜肴中，有的是“死甜”的，如冰糖甲鱼、冰糖河鳗、蜜汁酱方等，这些菜如果不甜，味道就出不来。甜的菜是一种平和的冲击，甜味之下那种鲜香是让人回味无穷的。拿冰糖甲鱼来说，甲鱼胶原蛋白丰富，在烹调过程中注重火功，可使甲鱼肉更酥烂；以咸味做底味，外包重甜味，使其味丰厚重口。此菜卤汁稠浓，吃时先感甜糯，收口咸鲜。

苏州老字号里的菜点以甜为主的佳品甚多，陆稿荐的酱汁肉、采芝斋的酒酿饼、黄天源的糖年糕、得月楼的油爆虾、朱鸿兴的细沙包、稻香村的透味熏鱼，就连松鹤楼的卤鸭面，其中的浇头卤鸭也是甜咸味的。此类菜在苏州业内被称为“甜出头，咸收口”。

苏州人炒菜大多是不放糖的，有的菜放少许糖调味，用苏州话来说叫“闪几粒糖”，点到为止，甜味不出头，让你感到甜但吃不出甜味，这是苏州人用糖的功夫——取决于投放调料的先后。有些菜让你吃后感觉有丝丝甜味，会丰富你的情感。而白烧菜、汤菜是绝对不能放糖的。如果有菜点比赛要求用糖作为调味，那么苏州的厨师、擅厨之人都能进入决赛。

除菜肴外，苏州众多点心如糖果、糕点、蜜饯等都是以甜味为主的，如糖粥、八宝饭、糖年糕、金钱方糕、百果月饼等，最让外地人不能接受的是包子的馅心也是甜的——豆沙、玫瑰当然是甜的，可苏州的肉包子、生煎馒头的馅儿也是甜的，这就比较少见了。或许有人会说，不加糖不行吗？在苏州人品来，少了这口甜味就少了韵味，就不是本地的味道了。有时外地人品吃苏式面条也感觉汤中有甜味，那是浇头卤汁浸润面汤所致，吃起来别有风味。

苏州人嗜甜，苏州菜肴如同吴语、昆曲一样温软甜糯。人们向往甜美的生活，把菜肴也都烧成这味，形成这种独特的地域文化。另有许多甜味是食材的自然本味——苏州气候宜人、土地肥沃，因此四季应时而出的食材不少都带有甜味，如水中菱藕，以及吴地其他瓜果蔬菜等，菱藕瓜果自不必说，新鲜蔬菜如河边茭白天然有丝丝甜味，吴地菠菜、冬季小尚菜煸炒后亦带甜。即便水中河虾，在生吃时，也有津津甜味，大闸蟹清水蒸熟后不蘸调料食用，其洁白的肉质也有点甜……很多食材的味道不被外地人所认识，因而有时会错怪苏州人烧菜一味用糖来调味。

苏州人嗜甜从哪朝哪代开始，无从查考。可以肯定的是这不会是在一朝一夕间形成的，可能是在长期的生活中，由于食材来源及人们口味的变化，出现的一个渐进的过程。吴地先民一直崇尚武力，断发文身、彪悍凶猛、视死如归，被称为“南蛮”“夷人”等，随后在历朝更迭变迁中，苏州人的习性渐渐转变，由尚武转为崇文，到明清时，苏州已成为文教鼎盛之地，状元辈出，口味的转变也和文化的转变相类。据史料记载，吴地先民喜食鱼虾、鲜蔬、稻米，口味偏咸，有一段时间，北方喜甜，而南方喜咸。晋代吴地进贡送入北方的金齑玉脍、蜜蟹等，其口味是按北方喜甜的口味制作的。宋代，特别是宋室南渡，迁都临安，大批中原官员、富户南迁杭州、苏州，带来先进的农耕技术，南北之间的文化也随之融合，在此基础上，北方人喜甜的口味直接影响了苏州人，食甜逐渐成为风潮，如同随着当下大批新苏州人融入苏州，苏州人也渐渐喜欢微辣的菜肴一样。

从传统饮食专著可以看出苏州人饮食偏爱甜味的渐进过程。宋代烹饪史料《浦江吴氏中馈录》所记菜点中，除多款菜品用糖外，另专写“甜食”一类，品种多达十五种，说明那时江浙一带民间流行甜食。元代倪瓒《云林堂饮食制度集》一书反映元代吴地饮食情况，全书中多道菜点使用蜂蜜、糖。最著名者是烧鹅——后被袁枚称为云林鹅，在制作上，鹅身须用酒、蜂蜜涂抹一遍，然后蒸烤。另有蜜酿蝤蛑，即雪花蟹斗的前身，这道菜加入蜂蜜，却没有放盐。书中还记熟灌藕、糟馒头、烧猪肉、醋笋、新法蟹等菜，在其制作中，均可见糖和蜜，可见苏州肴馔偏甜的特色由来已久。明代“秦淮八艳”之一董小宛，被誉为中国古代十大名厨之一，她所制作的菜肴、糕点，尤其以桃膏、瓜膏、腌菜闻名于江南，著名的“董糖”“董肉”等处处呈现苏州菜清新淡雅、色彩和谐、鲜嫩微甜的特点。《清稗类钞》记苏州人之饮食，指出苏州人“以讲究饮食闻于时，凡中流社会以上之人家，正餐小食无不力求精美，尤喜食多脂肪品，乡人亦然，至其烹饪之法，概皆五味调和，惟多用糖，又喜加五香”。可见明清时苏州人喜食甜食已蔚然成风了。

从另一个层面上来看，甜味兴起必须得到物产上的支持，要有物质基础。苏州是从农耕社会一路发展起来的，稻作文化深刻影响苏州人的生活习性，麦芽糖的出现及生产，促进了人口味的变化。麦芽糖是用糯米淀粉及麦芽菌等发酵后提炼而成的，这些原材料在吴地被大面积种植，因而制作麦芽糖很容易，随后出现麦芽糖的升级版——饴糖，更是丰富了吃食上甜味的层次。其实我们吃食的大米，其中淀粉糖化后就有甜味，有时家中的米饭起焦时形成锅巴，锅巴味柔甜爽，有健脾、消食等功能。由此，我们就不难理解苏州人家家户户都能制作此种甜味，并常吃不腻，久而久之形成习俗的原因了。据说，我国麦芽糖生产始于殷商，可见其历史之悠久。《尚书》中有“稼穑作甘”之语，可见当时人们已用淀粉制糖了。东汉以后，在文字记载上，把所谓“柘”“诸柘”，改用“蔗”，就是甘蔗了。我国南方种植了甘蔗，制成各种蔗糖，这改变了我国使用粮食制糖的局面。

旧时，苏州人在十二月廿四祭灶时，都得供奉饴糖。有人说，这是为了让灶王爷“上天言好事，回宫保平安”；也有人说，这是封住其口，让他不说坏话。一粒小糖，寄托了人们对美好生活的向往。

吴越之地，人们利用的另一种甜味就是蜂蜜。吴地山丘、平原四季花草盛开，多产蜂蜜，蜂蜜是纯天然物质，据历史记载，公元五世纪吴越国时期，君主们就以蜂蜜作为珍贵的礼品互相赠送，随后又出现早期“蜜饯”。因而不管南方北方，喜甜的历史都很悠久，也广被人接受。从经济发展层面来看，喜食甜食的地区经济发展快速，当地人的生活也富庶，消费能力强劲，对口味的要求亦趋高，苏州就是属于这类地区。据说历史上有段时间，苏州烟民大增，对甜味在苏州的发展亦起到促进作用。旧时苏州的文人墨客也偏爱甜味，但在选择甜味上，偏爱郊外出产的果酱、花露、蜜酒，似乎这些天然之甜才能对得起那颗文人之心。

纵观制糖、吃甜的历史，可对苏州菜肴偏甜的成因做一些了解和推测。当今科技发展迅速，医疗科研水平提高，人们对自己的饮食方式有了新的解读，现在常见的高血压、高血糖、高脂肪、糖尿病等多种疾病都与饮食相关。科学烹调，合理膳食已成人们迫切关心的话题，菜肴吃食中，低盐、低糖、少油已成共识，因此在苏州的菜肴、糕点等吃食中，糖的使用宜适当减少，另可选择一些替代品，减少对人体的负面影响。对苏州菜的传承改良似乎是一个永恒的主题。

苏州有些菜的甜是菜的灵魂，但不是道道菜肴都要甜。虽说口中甜味就舌尖上那么一点动静，但这关系到一个菜系的特征，更是一个城市的文化特色。如果认为甜压过了其他所有的苏州味道，也是不恰当的。就我的感觉来说，苏州菜用一个字来形容，可说“糯”，风雅软糯；用两个字来形容，可说“清鲜”，清淡平和的鲜中带有丝丝的甜，适宜大众；用一句话形容，可说“选料严谨，四季有别，制作精细，味美天下”。

马咏斋的『马鸡』『马肉』之所以吸引人，与他们的选材及烹制方式都有关系。他们一直选用体重三公斤左右的鹿苑鸡与皮质细薄、精肉多的太湖猪。在烧煮时采用『裹汁烧法』，以红烩为主，分次加入香料、调料，文火焖酥，这种方法烧出的鸡、肉，吃起来浓而不腻，味鲜爽口。

观前街上马咏斋

1931年，古城苏州开设了一家名叫“马咏斋”的熟食店，店主为常熟人马骥良，地址在观前街大成坊巷口，更确切的位置是在现在观前街的新华书店。该店采用前店后坊的经营模式，占地有三百至四百平方米，店面坐北朝南，是一家名声大的熟食店。因生意兴隆，马咏斋次年又在观前街洙泗巷口开设马咏斋东号，生意蒸蒸日上。不久，又在上海设立马咏斋上海分店。一时马咏斋熟食店名震江南，将常熟、苏州、上海连成一片出售熟食，深受百姓欢迎。

旧时吴地的熟食店有多种名称。一种称“卤菜店”，至今仍有这种称呼；另一种称“野味店”，在苏州一带历史悠久，曾经很普遍；再有一种称“熏腊店”，专售南北货、火腿，兼售熟食。这些店大都是生熟兼营，上午卖生肉，卖剩的肉烧熟后下午出售，同时收购一些野味，如野鸡、野鸭、野兔之类加工出售。而马咏斋兼备当时卤菜店、野味店、熏腊店的特点，创制出适合自己的经营路子，加工的产品特色明显，制作技艺精细，赞誉四起，为当时异军突起的熟食卤菜店。

说起马咏斋，其起家在常熟，创始者为马咏梅先生，马骥良是他的儿子。马家世居常熟古里，早年马咏梅在其父开设的南北杂货店中工作，然而此业并非他所爱。马先生一生嗜吃，在品吃过程中，享受吃食生活带来的种种乐趣，经过长年累积、学习，马咏梅自己也变成擅长烹饪的人，随着烹调技艺的日趋成熟，马咏梅越发精益求精，他天生对食品有感悟，摸索出烧制鸡、肉、蛋等的独特制法。当时为生活所迫，他利用当地食材，烧煮一些鸡、肉之类的熟食，在乡镇店中串门做买卖，很快赢得人们的称赞。随后他辞去杂货店工作，一门心思做起这种小买卖，出售四样品种，即酱鸡、酱肉、酱蛋和糕片，风味独特，美味可口。因为他姓马，所出售的卤菜被人们盛称为“马四件”，即“马鸡”“马肉”“马蛋”“马糕片”。那糕片的原料为当时乡下一种淡糕，切片晒干，锅里炒脆，吃时蘸上酱鸡、酱肉的卤汁，别有风味，价廉物美，深受欢迎。马咏梅并不满足于乡镇上的业务量，每日早出晚归，抄着篮子去常熟城里卖熟菜，当时古里的马四件熟食早已被传到常熟城里，因而马咏梅一到城里，其所制熟食就被一抢而空，根本不需他多走地方。随后马咏梅干脆在常熟城里置地设摊开店，取名“马咏斋”，那是宣统二年（1910）的事了。

苏州观前街上的马咏斋兼承了常熟马咏斋的经营特色，采用前店后坊制作模式，主经营品种有“马鸡”“马肉”“马蛋”，另有爊鸟及少量野味，所用货源均从常熟而来，选料精良，采用自创秘方，由马骥良每天亲自烧制，产品飘香观前街。马老板为人亲和，服务周到，切出熟食斤两准足，刀面平整美观，另备有多种自制蘸汁，供客人选用。

我家住在牛角浜，离马咏斋仅百步之遥。牛角浜是一条居住、商业混搭街巷，街中分布“刻字”“算命”“镶牙”“拍照”等店，巷口那家连接东角门的算命店最有名。店主蒋通天五十多岁年纪，胖乎乎的身材，口才极佳。由于成天戴着墨镜，他看人家清楚，人家看他不清楚。每天下午，他都会去马咏斋买摊酱鸡或酱肉，随后在店门口摆起小桌、杯筷，自酌自饮，引得四周小孩常围着他讨吃。有时有人来算命，他即放下杯筷，做起生意。没有人来，自己照旧吃喝自在，而且总是吃得津津有味。街坊人都知道蒋通天生意好时天天“马鸡”“马肉”，生意不好时顿顿萝卜干。

多年以后，我才得知马咏斋的“马鸡”“马肉”之所以吸引人，与他们的选材及烹制方式都有关系。他们一直选用体重三公斤左右的鹿苑鸡与皮质细薄、精肉多的太湖猪。在烧煮时采用“裹汁烧法”，以红烩为主，分次加入香料、调料，文火焖酥，这种方法烧出的鸡、肉，吃起来浓而不腻，味鲜爽口。在烹制过程中，还使用了吴地传统法宝——糖。把鸡、肉烧透，吊清汤，文火焖酥，然后把原汤重糖收汁，浓缩汤汁，再把鸡、肉等浸入汁里。苏州的菜品中甜味有提鲜作用，但糖不能过重，过重会发腻而使人厌，也不能放少，否则起不到提鲜的作用，又达不到防变质的效果。下糖还得与火候配合，若下糖过早，会被炙干，并夺取鸡、肉的本味；过迟则不能入味。在制作过程中，“用糖”真是大有讲究。

在我的吃食记忆中，我对马咏斋印象最好的是那颗“马蛋”。那时我尚年轻，对鸡、肉食感还处于朦胧阶段，对蛋却一直“馋涎三尺”。马咏斋的酱蛋与众不同，选用产下后十天左右的鸭蛋，烧熟剥壳后，用竹签在蛋上深刺许多小孔，使卤汁在烧煮时直接浸到蛋黄中，成品后酱蛋酱香扑鼻，蛋色枣红，咬一口鲜味十足，蛋白滑润，蛋黄肥腴，真是细微处见真章。说到吃蛋，还不得不说那时另一款蛋，即熏蛋，熏蛋多采用鸭蛋，有时也用鹅蛋，煮成半熟时剥壳，用茶叶、糖、米糠烟熏。熏蛋特色是焦香浓郁，颜色棕黄。最吸引人处，是熏蛋的蛋黄为“溏黄”，处在似熟非熟阶段。吃时蛋白充满质感，蛋黄软糯似流质，这两种美味在舌尖滑动时，心中充斥着一种满足感。吃此蛋时不能用刀切，得用细线勒，使其分开，只有这样才能保持溏黄不破碎的效果。在苏州另有一款糟蛋，风味独特，喜欢吃的人也不少，那是另一种吃法了。

马咏斋的产品中做得最精细的要算爊鸟、爊麻雀了。旧时常熟虞山树林密布，山货野味众多，早有烹制野味的传统做法，即爊烧法。马咏斋在爊烧法基础上另有改进，对山鸟、野味之类的食材重油（纯菜油）爆透，重香红烩，加之十多样香料，把握好火候，烧出的野味色、香、味俱臻上乘，深受人们追捧。马咏斋还有那款风味、色泽俱佳的肉松，至今还被人们惦记着。

马咏斋在发展过程中并非一帆风顺的，中华人民共和国成立后，马咏斋在“利用、限制、改造”的政策下公私合营了。困难时期，马咏斋因无东西可卖，只能卖起螺蛳、萝卜干等产品。“文革”期间，马咏斋牌号被叫停、歇业。随着观前街拓宽拆迁，马咏斋从此销声匿迹了。但马咏斋牌子还保留至今，常熟等地还有叫“马咏斋”的店开着，只是店主已易名，那些著名食品“马鸡”“马肉”“马蛋”已成为历史。至今，观前街上一些老居民每每说起“马咏斋”时，还是恋恋不舍的，那时马老板把店中多余的“骨屑”“鱼杂”“冻水”分发给周边居民，哪家烧肉，想去马咏斋讨碗老卤，盛一碗汤，马老板都会慷慨相赠。在食品匮乏年代，这些“下脚食品”，不知温暖了多少人。

人们不会忘记：经营了近一个世纪的观前街上的马咏斋，那“马鸡”“马肉”“马蛋”及那块充满乡土气息的糕片的美味，还有那位和蔼可亲的马骥良老板。

他也吸收广式菜肴中的烹调技法，制作出各种素食的煲菜及火锅。在不同季节就地取材，推出时令素食佳肴，比如：春季的腰果烤笋，夏季的『虾子茭白』、腐衣卷，金秋的糖醋藕片、『红菱鸡片』，冬季的『菊花青鱼』『荠菜鸡柳』。

苏州第一家素菜馆——“功德林”

姑苏第一家素菜馆功德林蔬食处创建于民国年间，店设在阊门外鸭黛桥南堍，店老板姓何，宁波人，信佛教。通过佛事活动，他结识的绅商禅门者众多。因那时苏州还没有食素的地方，喜欢吃素的人感到很不方便，而且食素人有增无减，何老板灵机一动，与诸好友筹集资金择址开设功德林蔬食处，专办洁净美味的纯素菜肴，并于1926年5月正式开业。早市供应素面，中晚有纯素菜肴，质量上乘，吃素者络绎不绝，生意兴隆。店楼上设置小佛堂，做佛事时香烟缭绕，念经声不绝于耳，敲木鱼发出的笃笃声不停。随后又在城里太监弄“吴苑深处”东邻设分店，以一碗素浇面打响名号。同年更名为“功德林协记素菜馆”,并重新整修，楼下添置散座位子，楼上设雅座、包间。除早点、散吃外，又有正筵供应，特聘名师督治，因而素菜馆生意红火，吃客不断增多。不久在宫巷、太监弄口冒出一家效仿

苏式糕团追求外形美观，除艺术糕有各种造型外，一般有长、方、圆、菱、三角等多种形状，其中有许多糕团使用木模具制成特别外形，工整、美观，如方糕、园松糕、斗糕、定胜糕等。其他大多数糕团均由手工捏制成形。

苏式糕团

当下苏式糕团越来越受人们的喜爱，不但苏州百姓喜欢，就连外地来苏的游客也喜欢，更有上海、无锡、嘉兴等地的消费者专门驾车来苏州买糕团，一些老苏州还买上糕团邮寄给国外的亲朋好友。苏式糕团如今已走出国门，在东南亚、美国、英国等地区和国家也时有供应，苏式糕团已成为苏州一张独特的城市名片。这是可喜的现象，但知道苏式糕团历史及糕团口味特色等发展过程的人还不多，笔者特地根据尘封的史料及现时糕团发展状况写下这篇《苏式糕团》以飨读者。

苏式糕团冠绝天下，其制作技艺已被列入“非遗”保护项目。千百年来，经无数大师、名师不断探索、提升，糕团已成为苏州最具地方特色的食品品种。

苏式糕团历史悠久。苏州居三江五湖之处，数千年来盛产稻米，因此以稻米为原料的食品在苏州有着数千年的发展历史，稻米制成的稻粉是苏式糕团的主要原料之一。以米粉制作糕团的技艺始于三千多年前，《周礼》中载：“稻米二肉一合以为饵，煎之。”饵者即粉饼。《周礼》又云“糗饵粉糍”，即将大米捣成粉末，做成粉作干粮。苏州的糕团到唐代已名闻天下，白居易、皮日休等诗人在他们作品中都提到苏州的“粽子”“粔籹”，元代苏州人韩奕在《易牙遗意》载“松糕”“生糖糕”等二十多种糕点，清人顾禄《桐桥倚棹录》记“拉糕”“扁豆糕”“蜜橙糕”“米丰糕”等，甚至对到什么节令必吃什么糕团都细说分明。

苏州制作糕团与苏州盛产稻米相关，在苏州近郊草鞋山等地出土的碳化稻谷，经专家测定，距今已有五六千年。苏州的稻米品质优且品种多，历史有名的“鸭血糯”等均为吴地所产名贵品种。苏州人“不时不食”的吃食观念及与农耕社会生活息息相关的节令习俗，致使人们按季、按节令吃应时糕团成为一种常态。吴地人从古至今喜食糕团，有人解释是与苏州城市特点相关，也有人认为与苏州人温柔的性格和软糯的吴语相关。

苏式糕团品种多，并随着季节变化更换品种，从南宋《吴郡志》及《平江图》中可以看到，苏州的糕类生产已成一定的规模，糕店遍及大街小巷。那些盛产糕团的街巷名声远扬，有的地方因糕团名声大，干脆直接用糕团来命名，如雪糕桥（今肖家巷）、豆粉巷（豆粉园）……又据苏州历代志书所载，较有名的糕团品种有雪糕、花糕、生糖糕、糖松糕、甑儿糕、蜂糕、重阳糕、百果糕、夹馅糕、绿豆糕、海棠糕、上头糕、神仙糕、粉糕、马蹄糕、脂油糕、云片糕、火炙糕、定胜糕、喜糕、年糕、乌米糕、玉带糕等，数不胜数。

清代袁枚《随园食单》记："软香糕，以苏州都林（亭）桥为第一。其次虎丘糕，西施家为第二。"又记"三层玉带糕"："以纯糯粉作糕，分作三层，一层粉，一层猪油、白糖，夹好蒸之，蒸熟切开，苏州人法也。"再如《虎丘志》载"虎丘有'蓑衣饼'，脂油和面一饼数层"，《姑苏志》记"松花饼"的做法，"春夏之交，山人取松花调蜜作饼，颇为佳胜，僧家尤贵之"，《红楼梦》中有枣泥山药糕、栗粉糕、藕粉桂花糖糕等。这些都是苏式糕团中的名品。

苏式糕团历来以用料考究、精工细作、形态丰富、小巧玲珑、美观高雅著称于世。民国期间，仅苏州城内大小糕团店就多达六十余家，以"黄天源""颜聚福""乐万兴""谢福源""柳德兴"最为有名，在行业内流传有"黄颜乐谢夹一柳""四庭柱，一正梁"之说。这些从清代传承下来的老店，随岁月变迁，大都陆陆续续倒闭，大多难觅踪迹，幸运的是黄天源还在传承着千百年以来正宗的苏式糕团。

在苏州的糕团行业中，无论从历史、规模、名声哪方面来说，黄天源都称得上一店独大，旧时有人为黄天源编了几句顺口溜："猪油糕味道好，豇豆糕黑里俏，薄荷糕凉陶陶，定胜糕式样好，条头糕硬翘翘，糖切糕甜得妙，松子糕忒嫌小。"旧时黄天源还按季节变换小吃品种，春有焐熟藕、夏有绿豆汤、秋有糖芋艿、冬有糖油山芋，各有妙处，加上店内还有粢饭糕、蜜糕、双馅团子、鲜肉团子、京冬菜团子、五色汤团等特色品种供应，好多吃客都慕名前来品尝。这些品种用料讲究、制作精细、价廉物美，深受群众欢迎。

一、糕团与吴门风俗

苏式糕团具有鲜明的地方特色，这与苏州风俗有着密切联系。在苏州地方风俗生活中，诸事无一不与“糕团”联系在一起。《苏州府志》载：“正月朔，黎明起，爆竹开门，长幼正衣冠，拜五祀及先祖毕以次拜贺，丸粉食之，古所谓元宵也，啖春糕春饼，是日不烹饪。”“十五为元宵聚粉杂豆作饼入油煎之，以相饷。”二月初二，年老者喜食煎年糕，谓之撑腰糕，传此日食此糕能治腰痛病，清蔡云《撑腰糕》云：“二月二日春正饶，撑腰相劝啖花糕。支援柴火凭身健，莫惜终年筋骨劳。”三月清明节，苏城家家必备青团，并以青团与焐熟藕祭祀祖先，一直流传至今，清明节前后吃青团子成为风俗。四月初八佛诞，僧尼为浴佛会丛林传戒，“僧家以乌叶染米，作黑饭赠人”。《清嘉录》载：“市肆煮青精饭为糕式，居人买以供佛，名曰‘阿弥饭’亦名‘乌米糕’。”四月十四为吕纯阳诞辰，阊门下塘街福济寺有“轧神仙”习俗，各糕点店纷纷制“神仙糕”应市，此风至今犹存。五月五吃粽子，并以粽子作为节物相馈送，或言为祭屈原，又说祭苏城筑城者伍子胥。《清嘉录》记：六月“初四、十四、念四日，比户祀司灶，谓之‘谢灶’。谚云：‘三番谢灶，胜做一坛清醮。’祀时，以米粉作团。”八月二十四亦煮糯米赤豆祀灶，谓之粢团，以期灶神于腊月二十四上天时在玉帝面前美言，“隐恶扬善”。七月中元节，食豇豆糕祭鬼神，农家祀田神，以粉团等投田间十字路口，再拜而祀，谓之斋田头。九月九食重阳糕，士大夫登山之宴多集虎丘，蔡云《吴歈百绝》云：“蒸出枣糕满店香，依然风雨古重阳。”十一月冬至节为吴人最重，俗称“冬至大如年”，又称“肥冬瘦年”，吴地习俗比户磨粉，以南瓜、萝卜丝、肉、菜、果、豆沙等为馅，分别做成团子曰“冬至团”，以祭祀祖先。冬至前一夕俗称冬至夜，有“有钱吃一夜，无钱冻一夜”之说。冬至至岁末，年节糕团制作达到高潮，处处磨声不绝，家家户户做糕。腊月糖年糕有形状之别，大径尺而方，俗称方头糕；为元宝形者，曰元宝糕；形狭而长者，俗称条头糕；稍阔者，曰条半糕。有的人家雇糕工到家里磨粉蒸制，有的人家直接到市场上购买。春前一二十日，糕肆门市如云，李福《年糕》诗云：“珍重题糕字，风光又一年，为储春糗饵，倾听磨盘旋。筛细堆檐雪，蒸浮袅灶烟。吉祥同粽熟，摩按胜粢坚。甘许糖调蔗，香应稻识莲。尺量圭待琢，寸断线频牵。外倩瓜仁剥，中容枣实填。狭看持石笏，方拟运花砖。品佐酬神馔，盘添压岁钱。”这首糕诗描写了农人磨粉蒸糕等情景，读来亲切。糖年糕与糯粉圆子共煮即为新岁之食，苏州人称吃糕汤圆子，可以高高兴兴、团团圆圆过年，企盼来年的好运。

此外苏州人日常生活中，凡添子、祝寿、乔迁、建屋等，习常都以糕团为礼，“戚友率馈糕团，多至数石，其家受之分送亲友，数日始毕”。数百年来，吴门民间的风俗习惯与苏式糕团结下了不解之缘，蕴含着深厚的饮食文化底蕴。苏州是从农耕社会一路发展起来的城市，先民们的生活起居、习惯都深深影响着吴门风俗，糕团的流行发展佐证这一点，在吴文化推动下，苏式糕团发展必然会走向成功的顶点。

二、糕团口味特色

苏式糕团历来讲究色、香、味、形。

苏州糕团采用天然植物中的色素上色，不用任何添加剂，《厨志》载：青色的荸头饼是“以青苎头捣和为之”，后又发展出新品种“五色团子”。除本白色外，和以南瓜的为黄、青菜的青、玫瑰的红、赤豆的紫，用植物天然颜色来呈现绚丽色彩。糕团中常见红、黄、绿、褐、黑、白等数色。在糕团制作上，用色总的要求是颜色和谐，调配适当。在配色方面，根据所制糕团的不同调配，又根据节令气候变化做调整，以达到绚丽多彩又不失高雅的色彩效果。

苏式糕团的香味以原料本身的香味为主，但得掌握正确的用法，如果使用过多就会“伤本味”。糕团点心热食的较少，凉食的居多，其香味一般便不能随着热气上升而“香飘万里”，故在制作时，常将少许香料揉入粉中或加入馅心中，也有直接撒于糕团上面的，方法多样，这样在吃食时就有入口透香之感。苏式糕团使用的香料不仅有食用价值，且在色、香、味三者之间互为作用、密切联系。可以说苏式糕团“香中有味，味中有香，香中有色”。

苏式糕团的口味是甜咸皆备，以甜为多数，甜味中又有重糖和轻糖之分。重糖如桂花重糖年糕、百果蜜糕、猪油年糕等；轻糖有桂花轻糖年糕、马蹄糕、花糕等，有的糕是糕皮甜，有的是将甜味制在馅心中。糕团中的咸味品种也有不少，分为椒盐味、咸味两种。椒盐味以咸甜兼备为特色，如椒盐麻糕、夹糕等；咸味又以咸中带鲜为风味，分别体现在潋粉和馅心之中。另有微甜、微咸特色的糕团和薄荷夹糕。

苏式糕团在具体品种上还有甜而肥腴的口味，如大方糕、赤豆猪油糕，在配料时加入猪板油丁，吃时倍感油润松软。而黄千糕、黄松糕等属甜而爽口的品种，配料中不加油脂，无油肥感。此外，凡甜或咸的糕团品种经油氽后有外脆内糯的特点。总之，糕团的口味是多变的，有时可根据季节做些调整，使口味上达到“味不失真”。

苏式糕团追求外形美观，除艺术糕有各种造型外，一般有长、方、圆、菱、三角等多种形状，其中有许多糕团使用木模具制成特别外形，工整、美观，如方糕、园松糕、斗糕、定胜糕等。其他大多数糕团均由手工捏制成形。苏式糕团系列中，团子亦形态多样，有圆形、长圆形、扁圆形、桃形等多种。一般蒸制成熟的以圆形为多，水煮成熟的以圆、花圆、圆尖为多。团子在成形中均靠人工捏制使其外形完美，团皮均匀、馅心居中、不穿不漏。心灵手巧的苏州人在制作这些糕团时得心应手。苏式糕团制作是苏州人的一门独门绝技。

苏式糕团出售时以块、只卖出，但个别的品种要现场分切而售。有些糕初出蒸笼时为一整块长方体，有欲零买者，店主当场切之。苏州人对现场切糕的要求高：要切得大小均匀、斤两准足、表面光滑。旧时黄天源的葱猪油咸糕，清晨起门口即有人排队购买。糕点师傅现切出售，切糕也是一门技术，有时切糕不用刀而是用线，如刚出条的年糕就需要用线割开，又如米蜂糕出笼时糕形圆、大，其质松软，也需用线均匀解块后出售。另有一款炒肉团子，现做现卖，大师傅在柜台内用熟粉团包入炒肉馅，顶露一口，出售时必加入一匙卤汁提鲜、增香。这些现切、现割、现做的售法，消费者倒也倍感亲切。

三、历史上留存的著名糕团花色品种

糕（六十一种）：

咸猪油糕、赤豆甜猪油糕、莲子猪油糕、亮色卷心糕（如意糕）、三色卷心糕（夹沙）、松子黄千糕、蒸松糕、蛋黄松糕（猪油）、刻花方糕、两色松糕（五色）、黄松糕、猪油松糕（绿豆、赤豆）、白松糕、枣松糕、正头小松糕（玫瑰、薄荷、桂花、枣泥、蛋黄）、猪油枣松糕、糖切糕、马蹄糕（豆沙、玫瑰、桂花）、赤豆糕、薄荷糕、条头糕（夹沙、玫瑰、薄荷、桂花）、翠色松子薄荷糕、漱糖糕 、漱糖夹糕、桃红夹糕（猪油、枣松）、猪油定胜糕（玫瑰、薄荷、桂花、枣泥、蛋黄、可可）、猪油大方糕（玫瑰、薄荷、桂花、芝麻、百果、松子、桃仁、瓜仁、白糖、蛋黄）、小方糕（玫瑰、薄荷、芝麻、白糖、豆沙、蛋黄）、鲜肉火腿方糕（奶油）、莲子大方糕、豇豆糕、乌米糕、重阳糕、雪糕、斗糕、花糕（两色）、粢饭糕、五色神仙糕、开洋鲜肉大方糕（鲜肉、虾仁）、葱油蛋糕、净素松子麻糕（桃仁、薄荷、莲子、豆沙）、素定胜糕（蛋黄、薄荷、白糖、咖啡）、素油咸糕（甜糕）、猪油麻糕（松子、薄荷、夹沙、桃仁、瓜仁、莲子、蛋黄、椒盐）、长方麻糕、荤油麻条糕（夹沙、豆沙、桃仁）、油氽条头糕、芝麻油氽糕、九层糕、咖啡百果夹心糕、蜜糕（玫瑰、百果、桂花）、小元松糕（玫瑰、薄荷、桂花、蛋黄、芝麻）、松糕（玫瑰、薄荷、豆沙、枣泥）、五色猪油大麻糕（小）、鲜肉咸糕、水蜜糕（薄荷、桂花）、虾仁嘉兴糕（火腿、豆沙、猪油、虾蟹肉三鲜）、虾蟹肉三鲜方糕、夹糕（玫瑰、蛋黄、枣泥、桂花）、白糖年糕（黄糖）、大猪油年糕（玫瑰、薄荷）

上述记六十一种糕团，如把括号中变化品种加入其内，则多达近两百种。块形上有长、方、圆等多种；口味上有甜、咸、鲜、薄荷、桂花等多种，另有奶油、咖啡、蟹肉等多种特殊口味。苏式糕团无论从品种上、块形上、口味上，都做到变化无穷、制作精良、色泽瑰丽，名闻天下。

团（二十三种）：

猪油青团（豆沙、枣泥、玫瑰、百果、芝麻）、豆沙团、芝麻团、麻酥团、松花团、鲜肉粢毛团、三丁团、青菜团、南瓜团（猪油、豆沙、玫瑰）、京冬菜团、炒肉团、双馅团、鲜肉团、荤油印团（桃仁、芝麻、百果、玫瑰）、蛋黄虾肉印团、黄糖桃团（玫瑰）、猪油夹沙蛋黄团、玫瑰猪油粢毛团（豆沙）、油氽鲜肉团、扁团（玫瑰、虾肉）、油水鲜肉团、团子（豆沙、玫瑰、水晶）、汤团（五色、桂花、虾肉）

上述团子品种有二十三种，如算上括号中变化品种则超过五十种。口味上甜、咸均有，尤其是玫瑰系列、桂花系列等很具特色，这是因为苏州地产花果多，用它们制成的馅心具有浓厚的地域特色。团子有多种烹制方法，如蒸、煎、落汤等。另有模板中做造型印制，有冷熟皮现制等，手法多样，吸引力十足。

还有些与糕团相关联的小吃品种深受百姓喜爱，如粽子，品种有豆沙猪油粽、火腿粽、鲜肉粽、灰汤粽、白水粽、小脚粽、赤豆粽、红枣粽、栗子粽等，还有八宝甜饭、梅花糕、海棠糕、藕粉圆子、酒酿圆子等，数不胜数。在糕团品种中还有一类艺术糕团品种，深受船点影响，注重造型、色泽亮丽，具有立体效果，一般根据“好口彩”取名。做成相应造型作贺喜、祝福、祝寿之用，也深受消费者的喜爱。一般底座为一大盒松糕，糕面上制如龙凤呈祥、松鹤同春、福禄寿喜、凤穿牡丹、麻姑献寿、同心永爱等造型。正因如此，业内另有一称为“花草结顶”的艺术糕团。有诗云：“谷成精品香，吴门独一枝。”

千百年以来，苏式糕团一路走来，确非易事，那香甜软松的口感，“高高兴兴、团团圆圆”的寓意一直深受百姓的喜爱，苏式糕团至今仍保留着传统手工制作技艺。正因有着悠久的历史与文化，此制作技艺已被列入“非遗”保护项目。文中提到的令人眼花缭乱的糕团品种现在已大部分被保留下来，经常在市场上供应。更可喜的是许多散落在民间街巷、村镇、居民家中的家常糕团也被我们发掘出来，如雪饺、踏脚团、草头团、咸菜团等，不断补充着百姓的餐桌，丰富市场的供应。随着社会的发展，人们对吃食有了新的认识，苏州的糕团也必须在传承创新上下功夫。现时糕团制作从过去的重糖、重油、重咸改变成轻糖、少油、微咸，块形也在减小，形态多变。有些糕团的质地向西饼发展，包装简洁明快，富有民族色彩，适应多层次需求。黄天源等大型糕团店开设工厂，在传承手工制作的基础上集中生产。为了确保糕团的高质量，专门到农村划地种植稻谷、果蔬，生产优质食材，用大批放心食材制作出放心糕团，从而经营形式一片大好。近年来，苏州街头巷尾出现了不少以手工制作为主、前店后坊式的小型糕团店，出售的糕团制作精良，品种新，深得消费者的青睐。苏州人对糕团吃食至今仍保持着“与时令同步，与风俗相连”的吃法——正月吃元宵，二月初二吃撑腰糕，三月清明时节食青团，四月十四轧神仙吃神仙糕，五月端午吃粽子，六月食糍团，七月吃豇豆糕，八月吃南瓜团，九月重阳吃重阳糕，十月吃萝卜丝团，十一月吃冬至团，十二月迎新年吃糖年糕。在岁月中等待轮回的味道，那种苏州特有的香甜软糯的味道被人们寓意为“天堂味道”。

面浇多根据季节应时上市，如春季的腌鲜面、笋油面，夏季的三虾面、卤鸭面、枫镇大面，秋季的蟹粉面、虾蟹面，冬季的冻鸡面、蹄髈面等。

姑苏面业

苏州地处太湖之滨、长江下游，东临东海，气候温和，河湖交叉，沃土万里，物产丰富，被称为“鱼米之乡”，有“苏湖熟，天下足”之说，又被谓为“人间天堂”。

苏州种植稻谷已有五六千年历史。随着社会经济的发展，苏州地区的稻谷种植业得到飞速发展，渐进为一年两熟，即“夏季为麦，秋熟为稻”，因而发展成以稻米种植为主、小麦种植为辅的格局。宋室南迁，大批中原人士落户江南，带来先进的生产技术，加快了小麦种植的进程，推动了苏州面业的发展。

苏州人吃面非常讲究，尤其讲究做工、花色，长期以来形成鲜明的地方特色。

旧时苏州面食店大体可分为三大类：一类是饼馒店，以供应早点为主，自成一业；一类为面馄店，以花色面点、馄饨为主；再有一类为茶食糕饼店，以小食为主。这三类面食店中的著名者不亚于著名的苏帮菜馆，这些面食店出售的都是地方小吃，有其特色浓郁的地域风情，又与百姓生活密切关联，品其风味，不失为一种饮食文化的享受。

一、面馆业的历史

我国是世界上食用面条最早的国家，早在四千多年前就有小米面条出现。在青海地区的地质考察中，科学家发现有清晰结构的面条。汉代已出现“汤饼”，乃是汤煮的面条。隋唐五代时期，“汤饼”出现不少新的叫法，如“长命面”“生日汤饼”等。宋代“汤饼”泛指汤煮的面食，馎饦、面条均在内，《浦江吴氏中馈录》中有“炒面方”“水滑面方”，均是江南一带吃面条的方法，其中水滑面方用白面揉搜成剂，放在水内，待其面性发得十分满足后逐块抽、拽，下汤煮熟。此面嚼劲十足，加多种浇头，风味独特。

元代倪瓒在《云林堂饮食制度集》中详述了江南一带的面食，其中煮面一项十分精彩：“如午间要吃，清早用盐水搜面团，捺三二十次，以物覆之少顷，又团捺如前。如此团捺数四，真粉细末擀切。煮法：沸汤内搅动下面，沸透住火，盖定，再烧略沸，便捞入汁。”这种面条制法、煮法和今天苏州制面、煮面方法基本一样。

明代出现许多新的面条品种，《宋氏养生部》中记江南一带面业盛况，书中有鸡子面、齑面等十二种面条。元代苏州人韩奕在《易牙遗意》中记“臊子肉面”：“猪肉嫩者去筋皮外，精肥相半切作骰子块，约量水与酒煮半熟，用胰脂研成膏和酱倾入，次下香椒砂仁调和其味。……临锅调绿豆粉作糨。”这种肉臊制法类似面浇制法，颇具苏州地区特色。

清代苏州的面条品种相当丰富，有浇头面、炒面、冷面等多种，那时吴地的“枫镇大面”已登场，焖肉面、鳝鱼面等风靡苏城。此时的苏州面条制作精细，善用卤及浇头，面汤常用猪骨、鳝骨等加调料吊制而成，汤清味鲜。面条上各类浇头丰富鲜美，如焖肉入口而化，极受食客赞赏。此时在清宫内流行苏造鸡烂肉面，据说是苏州大厨张东官首创，史料又记乾隆下江南时在苏州行宫中多次品尝及赞赏苏州面食、点心。清苏州人顾禄在《桐桥倚棹录》中记载了苏州山塘街饭店供应清汤面、卤子面的盛况，其中清汤面类似当今的白汤面，卤子面如同现今流行的炒肉面。清代著名学者俞樾在《耳邮》中记述：“苏州旧有一面店，以鳝鱼店得名。”此时太仓的红汤面、昆山的奥灶面、常熟的松蕈面、吴江的鸭面、张家港（沙洲）的鱼汤面等都已发展为成品，别有一番风味。

清末，在观前、石路、胥门等地区，集中了一大批著名的面馆，并各自形成特色。如石路地区有近水台刀削面、四时春（虞帮）小肉面，观前地区有张锦记白汤面（枫镇大面）、卤鸭面、观振兴葱油蹄髈面、小无锡肉丝面、五芳斋两面黄、老丹凤小羊肉面……在苏州面业中，主要风味流派有苏州帮、无锡帮、常熟虞山帮，另有少量外地人开的特色面店。不管是哪种面店，都善于经营，注重面点花色，讲究应时应季的时令特色，迎合苏州人的口味，丰富发展了苏式面点。小说家包天笑先生在《衣食住行的百年变迁》中说苏州面条“花样之多，无出其右，有荤面、煎面、冷面、阳春面、糊涂面。……种种色色，指不胜屈”。

苏州人吃面讲究吃法，顾客可以将自己的吃食要求告诉旧时跑堂（服务人员），要吃硬面的称“一串头”“断生”，吃一般面的称“软长”，烂面又分称“烂面”“托托烂”；汤头要分称“宽汤”或“紧汤”（汤少些）；不喜汤者可称“拌面”“半卤拌面”；蒜葱要多者为“重青”，不喜者称“免青”；面条要多些称“重面”，少些称“轻面”；把面浇放在小碟中称“过桥”等，焖肉浇头要去皮或硬膘，爆鱼浇要肚当、甩水……随客所便，一一满足。

旧时面馆中有许多传统服务项目让人称道：在凌晨，顾客赶来吃“头镬面”（又称“头汤面”），如要吃浇头面，可免费品一碗蛋丝单汤。一般面点都采用“响堂”—— 先吃后付账的服务方法，听之亲切，余音缭绕。餐毕还会送上热毛巾揩脸。有些店家不仅有堂吃，还有外送业务，各种浇头面，甚至阳春面均可送上家门。一些路程远的，面要涨干，店家会随身带大锡壶以加汤。若有“生日面”“剃头面”的预约，店家还提供上门服务。一些著名面店如观振兴、朱鸿兴等都自制生面，保证质量。那时苏州面店的经营状况一般是一至四月旺季有余，五至八月淡季略亏，九至十二月基本平衡，以旺养淡，略有盈余，但有一些面店只能节约开支，勉强度日，被业界称为“抹嘴衣裳破”。

二、苏式面点的特色

苏式面点独具一格，其特色是汤鲜味美，品种多样，制作精细，价廉物美。因为苏州人吃面习惯以“汤水”的好坏，作为评判面馆的标准，所以苏式面馆十分注重熬汤、吊汤，形成汤清、味鲜、爽口的特点。面馆吊汤采用肉骨、鳝骨、鸡架等（早先曾用猪首）加调料长时间熬制而成，吃面除用此汤外，另需加入“助汁”（行业语），即在烧制焖肉后留下的卤汁，有人戏称此乃是苏式汤面中的“灵魂”。用“助汁”加汤拼制而成的面汤具有清、香、浓、鲜四大特色，面汤要求一锅汤用到底，不见浑浊，不得加水。苏城夏季经营的枫镇大面（亦称白汤面），还需用葱花、白肉、少量酒酿来增鲜增香，旧时皮市街张锦记面馆的白汤面就以汤清味鲜爽口而著称。

苏州面点品种多样，一是面浇多，二是面条本身品种多。面浇有焖肉、爆鱼、鳝糊、炒肉、肉丝、三虾、虾腰、冻鸡、卤鸭等，数不胜数。面浇多根据季节应时上市，如春季的腌鲜面、笋油面，夏季的三虾面、卤鸭面、枫镇大面，秋季的蟹粉面、虾蟹面，冬季的冻鸡面、蹄髈面等。苏州人统称面为大面、日中面，大面之中又分硬面、烂面。面条品种除汤面外还有炒面、拌面，炒面中又分硬炒和软炒两种。硬炒是将生面条下油锅氽制成金黄色捞出，面上可放不同面浇；软炒是用小宽面或竹筷粗的面条（行业语称棍子面）下水煮，将熟时捞出淋油挑松，待冷后起锅加调料炒制，面上亦可放不同的面浇，入口鲜香软滑。在吃法上，面浇可佐酒，面条能当餐，一举两得。另一种苏式两面黄，把煮熟的面在锅中两面煎黄，再浇上浇头，面外层松脆焦香，里面软长鲜美，风味独特。

夏季苏城流行风扇冷面，即用风扇将面吹凉降温后加入调料拌制。旧时苏州一月到六月（旧历），许多人家都吃素，所以此时流行素浇汤面，如面筋面、蘑菇面，又有素面拌以酱油、麻油、糟油等，更为清香可口。喜食辣者，可加辣油，叫“加辣”。冬季若担心浇头不热，可嘱咐服务员将浇头置于面底，叫“底浇”。民国《醇华馆饮食脞志》中列举了苏州面的品种，如肉面曰“带面”、鱼面曰“本色”、鸡面曰“壮鸡”。肉面中又分：瘦者曰“五化”，肥者曰“硬膘”，亦曰“大精头”，纯瘦曰“去皮”“蹄髈”“爪尖”“小肉”，唯夏天卖之。鱼面中又分曰“肚当”“头爿”“甩水”“卷菜”……双浇者曰“二鲜”，三浇者曰“三鲜”，鱼肉双浇曰“红二鲜”。鸡肉双浇曰“白二鲜”，鳝丝面、白汤面（即青咸肉面）亦唯夏天有之，鳝丝面中有名鳝背者。“素面”以卤汁面筋为浇，亦有用蘑菇者，价较高。

苏城另有一款扁尖肉丝面曾名噪一时，将上好“秃顶”浸泡后，手撕成小条与猪里肌肉丝先炒后烩做浇头，面条采用苏式小阔面，鲜美异常，以宫巷小无锡、大井巷口叶鸿兴、后观前街上新乐面店的较为有名。苏州人最喜欢的食用面分细面、龙须面、小阔面，以及用得较少的大阔面，苏式小阔面即比细面稍宽一点的面条，形状如同韭菜叶。苏州面条中的老大当属焖肉大面，此面汤清味美，焖肉入口而化，而且价廉物美，一直是苏州百姓的最爱。苏式汤面中所有“助汁”都来自那块肥腴润滑的焖肉。

苏式面店对各种面浇选料严谨，有一定讲究，如爆鳝必采用活杀黄鳝，焖肉则用五花肉中硬肋，肉丝选猪腿肉，卤鸭选用当年新鸭。焖肉面的烹制工序有好几道，而且须环环相扣，才能使做出的焖肉香味扑鼻，入口酥烂，遇热即融，不用齿啮。橙黄色的鳝浇，口味甜里带咸，汁浓无腥味，外脆里嫩，风味尤佳。

苏式面店对撩面亦有讲究，苏式面馆中撩面师傅被称作“二灶厨师”，擅长用小抓篱（俗称观音斗），撩面出水，不拖水，速度快，面入碗卷作“鲫鱼背”式，式样美观。苏州面是一种“惠而不贵”的大众食品，吃面经济实惠，旧时进城的农民、入城烧香的老太太、商贩走卒中午多进面馆，既能尝鲜，又能吃饱。

民国苏州人金孟远在《吴门新竹枝》中写道：“时新菜点制家常，六十年来挂齿芳。一盏开洋咸菜面，特殊风味说渔郎。”称姑苏渔郎桥堍有万泰饭店，开设六十年，善制家常菜，尤以开洋咸菜面闻名于时。又有一词称“三月清斋苜蓿肴，鱼腥虾蟹远厨庖。今朝雷祖香初罢，松鹤楼头卤鸭面”。这是说吴人于六七月间好食“雷斋素”，开斋日先至玄妙观雷祖殿烧香，然后至松鹤楼食卤鸭面，从中不难看出，在苏州吃面不仅是填饱肚子，更是一种生活态度，融进了人们的日常生活。

三、旧时苏式十碗传统面条

1. 阳春面，又名光面，以猪骨、鳝骨等吊汤，拼以烧焖肉的卤汁冲汤，下以面条，根据不同季节，佐以苏地特有的蒜、葱末，汤鲜面美，阳春面为吴地百姓习惯称法，何以冠用“阳春”之名无从考查，但这碗光面被苏州人珍视为面条“掌门人”，是苏式汤面的基础。

2. 焖肉大面，选用太湖猪五花肋条肉，洗净，透水焯白后加酱油等调料，经三四小时文火焖烧制成，经冷却后改刀成爿加在面上。焖肉入口而化，酥烂脱骨有异香，乃是苏帮面馆中的传统经典之作。

3.蜜汁蹄髈面，前期烹制方法与焖肉相仿，所不同之处是起锅后，另用冰糖收卤。二十世纪六十年代苏州各面馆均有此面供应，尤以观振兴面馆制作的最佳，此面浇先甜后咸，鲜味十足，特别是蹄髈皮肉，肥腴软糯，口感极佳。

4.三虾面，此面为苏城一大时令特色面条，每逢春夏之交，籽虾上市，将虾脑、虾子取出，再将虾仁挤出，三者精心烹制，浇在面上，色泽亮丽，鲜美至极。

5.冻鸡面，选用嫩肥鸡，洗净，沸水焯后，斩成小块放在钵里，四周垫上肉皮，加入多种调料，入锅蒸至鸡肉熟烂有香味，取出冷却，以小碗盛好倒扣。吃面时盖在面上，美感十足，肥嫩鲜香。

6. 五香排骨面，选用猪大排，开片、经拍、酱渍一段时间，入油锅文火氽至熟，出锅后洒以五香粉，放在面上，亦可“过桥”，异香扑鼻，柔嫩味美，为苏州面中一大特色。后来由于种种原因，五香排骨面被炒肉面取代。

7. 枫镇大面，此面为苏州夏令传统特色品种，枫镇原为苏州枫桥镇地名，此面以白汤白肉见长。面条细白，另配入少量酒酿增鲜提香，深受消费者的欢迎。

8. 两面黄，此面为炒面的一种（硬炒），即生面入锅煎之两面发黄，另起锅将浇头煸炒，趁热浇在煎成两面金黄的面条上，快速上桌，另需配上一碗蛋皮丝汤，此面两面香脆，中间软长味鲜，别有一番风味。

9. 什锦炒面，此面为炒面另一种（软炒），面坯下水至熟，捞出沥干，炒面时先将什锦料投入，略炒后加足水及调料，然后投入面坯，加油旺火炒透，再改用文火焐透，泼油起锅，此面鲜美可口。

10. 爆鳝面，此面为苏州一大时令特色面，夏季黄鳝上市时享用最佳。先将黄鳝划成鳝丝，后将鳝丝放入油锅炸熟，捞出后放入锅中加调料烹制，以文火烧至鳝香透出即好，上桌前须浇上两匙鳝卤，吃面时按量拣上四五根鳝丝配上姜丝。此面也是苏州传统特色面之一，另有一碗爆鱼面与之对应，亦是苏州特色面。

四、旧时苏州十家著名的面馆

1. 松鹤楼，现为著名菜馆，始创于乾隆二十二年（1757），初创时以供应面点著称，开设在观前街上，店小但生意兴隆，堂口经常客满，有时进城卖菜的农民及小贩吃面即端了碗在店前食之，故苏州有句歇后语“松鹤楼的光面——外吃”。该店以卤鸭面最为著名，另壮鸡面亦有口碑。清末，松鹤楼从售面逐转售拆碗菜，向以经营苏帮名菜为主转型，跃为姑苏第一流苏帮菜馆。

2. 观振兴，始创于同治三年（1864），原名“观正兴”，地处玄妙观正山门西首，是苏城一家规模较大的专业面馆，经营时间长、品种多、质量上乘，主要品种有阳春面、油渣面等大众化品种，浇头有焖肉、鳝丝、雪菜肉丝、腰片、葱油蹄髈，另配有多种花式炒面，如苏式两面黄、虾丝面等，是一家影响力很大的著名面馆。

3. 老丹凤，位于大成坊口，创设于晚清，主要经营徽式菜肴，但又以徽面著名，有小羊肉、三虾、鳝糊、鸡火面，另有一种“锅面”，把浇头同面烩在小铁锅内，锅热面烫、鲜味十足，可按自己食量挑面食之，该店特色明显，故苏州人时常来此换下口味，一时生意兴隆。该店后来曾改为茶楼。1949年后歇业。

4. 小无锡，民国十五年（1926）初创，店主将店开设在宫巷自家门口，午后在玄妙观东岳殿（已毁）照墙前卖面，以肉丝扁尖面著名。这家店烹制肉丝的方法与众不同，将肉丝及扁尖等料一起放在大焐罐中焐至酥烂，顾客买肉丝面时，店家就从罐内舀起一勺浇在面上，原汤原味、鲜味醇厚，肉丝酥烂味美，深得老年顾客赞赏。后来，店主又开设过聚兴斋面馆，但老顾客仍称他的店为“小无锡”，该店以红烧葱油蹄膀面最为有名(该店歇业较早，原因不详)。

5. 近水台，原址在阊门外吊桥堍，“文革”期间毁于大火，后迁至阊胥路，是面馆中老字号，供应各色浇头面，另配有绉纱汤包、油氽紧酵、糯米烧卖、春卷等，面有汤面、炒面，浇头有鳝糊、三鲜、肉丝、面筋等十多个品种。有一时期，该店楼上还开设自助式早茶、早点，下午供应春卷、糯米烧卖、拉糕等，晚上举办苏州小吃宴，所卖点心经常供不应求，是一家深受消费者欢迎的面馆。

6. 张锦记，原址在城内皮市街247号，由张姓名山的人挑一馄饨担起家，后成立面馆。张锦记经营方式灵活多变，服务质量上乘，尤以“白汤面(枫镇大面)”著称。对来店吃肉面者，店主留心观察，如果看到来者出自中下层阶级，知其食量大，则增加面量，而肉则照常；如果来者出身上流社会，知其量浅而食精，则减其面而丰其肉。此店在公私合营调整网点时被撤并了，但老苏州人时常惦记这一家面馆。

7. 聚新春，开设在石路，地处石路闹市中心，创办时间早，知名度高，全日供应，早上顾客多为附近居民，中午食客多为游客和进城船民，晚上因附近有几家影剧场，夜市供应面点直至深夜。聚新春除供应各式面条、炒面外，还有时令点心。石路四时春亦是一家著名的面馆。

8. 五芳斋，地处玄妙观，原店主名“血汤长根”，起初挑血汤担叫卖，生意兴隆，渐有积蓄后即在三清殿东面建店营业，除供应面点、小笼馒头，还售卖著名的五香排骨、五香小肉。其排骨的特点是松、嫩、香，食客终日不绝，另供应焖肉、爆鱼、肉丝、鳝丝、虾仁等浇头面，后又迁址太监弄口，供应正宗苏式面点，为“吃煞太监弄”增添了色彩。

9. 大方斋，苏城另一家著名面馆，原址在玄妙观72号，店主荣小福。大方斋供应各式汤面，其中尤以蛋拖排骨面、爆鱼面最为著名，还有肉丝炒面（软炒）、夏季风扇冷面等也深受顾客欢迎。大方斋几经迁址，曾迁址至醋坊桥堍，除面点外，鲜肉大包尤为出色，皮薄馅多、可口鲜美，深受百姓喜爱，后因网点撤并歇业。

10. 朱鸿兴，创始于1938年，原开设在吉由巷口，经营以馒头、馄饨为主的摊点，因生意兴隆，逐做起炒面、汤面，稍有积蓄后在原址建房扩大营业。朱鸿兴面馆制作各式汤面，选料严谨，制作工序从不马虎，著名浇头品种有肉丝、爆鱼、蹄髈，后又增加花色面，如香菇、爆鳝、冻鸡、三虾、三鲜火鸡面等数十种，另供应烧卖、紧酵馒头、汤面饺、五色小笼，深受消费者青睐，声誉四起，驰名京沪。

在苏州吃面是一件乐事，也是一种享受。苏式面汤鲜味美，总能给人一种满足感。有道是吃面要人去等面，不能面来等人，吃面一般只需十几分钟，但须知制作一碗面过程繁复，其汤水须熬制四至五小时，制作“焖肉”“助汁”所需的时间更长。面店工作人员一般凌晨即开始熬汤、制面。面桌上还会配上醋、辣酱、胡椒，喜食姜丝者另须买碟姜丝，那姜丝细如牛毛，根根靠刀功切出。浇上醋配着面吃，滋味尤佳。

常说苏州人精细，其实苏州人只是在吃食上肯花时间，细琢磨、常研究，不怕时间长，只求味道好，有些烹调技术就来源于简单的重复，或许可叫作“提炼”，苏式面点就是在一层层提炼中才能达到如今地步，常说“唱戏靠腔，吃面靠汤”，艺人常说“台上一分钟，台下十年功”，苏式面点亦是如此——“桌上三分钟，后厨十年功”。

上述菜肴不是一天形成的，均是经历史磨炼脱颖而出的地方风味名菜。这些苏帮名菜又经历代苏州大厨改进、提升，成为经典，受到百姓的喜爱。它们不仅是简单的菜肴，更是一种文化。

苏帮菜味无比好

苏州从春秋时期建城迄今已有二千五百余年，同样，苏州菜肴也有着悠久的历史。早在春秋时期，吴国公子光密令专诸谋刺王僚，专诸赴太湖向烹鱼高手太和公学制“炙鱼”——这是史籍上关于苏州鱼馔的最早记载。又史载“吴人作鲙者，自阖闾始之造也”，另有“鲞腹肠肚”一菜亦为吴王首创。三国时期，留下孙权“江行食鲙有余”和曹操喜食鲙的故事。吴淞鲈鱼最为著名，春秋战国时的“吴羹”，晋时的“莼鲈之思”，都已成为文人墨客颂扬的名馔，并被载入史册。隋唐时期，苏州菜品已名扬天下，许多珍品已成为帝王指定的进贡之物，其中就有蜜蟹拥剑、玲珑牡丹等一批名肴，被称为“东南第一佳味”。宋元时期，苏州菜肴发展更快，制作精良。士大夫美食家的文字，更为苏州菜肴添加了艺术趣味。元代倪瓒所著《云林堂饮食制度集》汇集五十多道苏州一带的佳肴、名点，《宋氏养生部》一书记载了大量的江南菜点，尤其是苏州菜点。明清时期是苏帮菜发展的鼎盛时期，那时苏州开放程度较高，社会趋于稳定，经济发展加快，手工业发展尤为出色，由商人开办的菜馆酒楼日渐增多，如清代山塘街上“三山馆”“山景馆”，虎丘的“正源馆”，胥门外“来源馆”，观前街上“松鹤楼”等都是闻名遐迩的地方特色菜馆。清代苏州人顾禄在《桐桥倚棹录》曾记载山塘街“三山馆”等饭店的菜单，包括满汉大菜及汤炒、点心类小吃，有多达一百七十余品，令人叹为观止。

千百年来，苏州菜肴蜚声海内外。全国四大菜系，川、鲁、粤、苏，苏州菜就是四大菜系之一江苏菜的一个主要流派。苏州名菜馆多，名厨辈出，清代有御厨张东官，民国时期有常熟名厨毛荣，当代有被封为“江南厨王”的吴涌根……许多苏帮名菜经过这些名厨及无数厨师创造性的辛勤劳动，不断发展创新，又有吴地文人墨客点缀推动，逐步形成具有鲜明地方特色的风味菜肴。清代袁枚在《随园食单》中记录的苏州菜点如蜜汁火方、唐鸡、青盐甲鱼等十多条，《清稗类钞》中又评价苏帮菜“以讲求饮食闻于时，凡中流社会以上之人家，正餐、小食，无不力求精美”。苏州菜肴选料严谨，制作精细，因材施艺，四季有别，讲究养生。在烹调上，采用炖、焖、煨、焐等传统特色方法，重视吊汤，倡导菜品的原汁原味，菜肴滑嫩爽脆而又不乏其味。同时讲究每一道菜的造型及配色，要求达到色、香、味、形上的完美统一。苏帮菜在口味上总是保持着清香、淡雅、咸鲜，有的菜肴还有微甜感觉。苏州各大菜馆、饭店都注重菜肴质量，着意创牌子、翻品种，各店都有自己独特的看家菜，以此吸引顾客，如旧时的观前松鹤楼的松鼠鳜鱼、临顿路天和祥的虾丝烂糊、天来福的金银大蹄、新聚丰的什锦炖、皋桥堍老德和的羊肉、大庆楼的冻鸡、潘儒巷口老通源的丁口锅巴汤、石家饭店的鲃肺汤等。这些独特的名菜均名扬天下。民国时期《吴中食谱》中记述，天和祥之蜜汁火方，白如玉，红如珊瑚、琥珀，入口而化，不烦咀嚼，其味隽名也。

清末民初，苏州菜馆、饭店的厨师格外讲究食材，要求食材应时、新鲜。若采购到鲜活鸡鸭，都活杀现烹。操作上严格把关，将鸡、鸭、猪肉等上好原料放入焐缸用文火久焐，使其精髓尽出，溶于汤内，再吊清。此汤鲜香醇厚，清澈见底，名为“高汤”，是那时煤炉师傅的看家“法宝”。松鹤楼曾有位名叫陈仲曾（小名阿八）的大厨，他的煤炉边常备有一钵头“高汤”，烧菜时特意适量加进高汤（烧鱼类菜时用鱼骨头熬汤），成菜受到新老顾客的赞美。

苏州人吃食之习惯是喜烂欢甜，无论荤素各物讲究用文火（即碳基火）慢慢使之酥烂软嫩。1927年周振鹤在《苏州风俗》中记道，各帮菜馆常备“碳基缸”，将一只只砂锅装好主副料，锅盖边上用面巾纸加湿糊封，上面加罩，防止走气，放在碳基缸上一焐就是半天。适时上桌，揭开盖，立时清香四溢，原味原汤，醇厚鲜美。苏州著名的“三件子”砂锅就是这样焐出来的，砂锅中鸡、鸭、蹄髈酥烂脱骨而不失其形，汤鲜味美。酱方必须焐到四边垂倒，入口即化，方为妙品。

明清时期，苏州菜馆发展旺盛，徐扬为乾隆所绘的《姑苏繁华图》反映出苏州城西一角酒楼餐馆之多，有诗称苏州“小巷十家三酒店”“七里山塘半酒楼”。苏州菜馆以出售苏帮菜为多数，其余还有京、徽等各帮菜肴以及川菜、西菜，其时徽菜在外帮菜中居首，这与当时徽商在苏州占有相当地位有关。还有一种菜馆，挂着“京沪大菜”的牌子表示不论京菜、苏菜样样具有，也有挂出“苏菜独步”牌子的，表示只卖苏帮菜……那时苏城菜馆林立，生意兴隆，人来人往。据1946年有关资料记载，当时苏州城有菜馆一百五十家之多。

笔者曾在餐饮行业工作近五十个年头，从松鹤楼学艺开始，后升任松鹤楼店经理，后至饮食服务公司任经理兼任商业技工学校校长，又至商业局领导岗位，退休后任市烹饪协会会长，许多年来一直活跃在餐饮、吃食行业中，对苏帮菜悉心研究，整理、收集旧时遗留下来的菜品，传承开发这些具有鲜明地方特色又具有代表性的苏帮传统名菜。结合当下的社会、经济、文化发展情况，我们完全可以对这些古方菜谱进行创造性利用，在“不忘初心，坚定文化自信”的精神指导下，传承老一辈的传统菜肴。这些菜肴有蟹黄扒翅、黄焖着甲、美味酱方、蜜汁火方、樱桃肉、常熟叫花鸡、西瓜童鸡、鏊锅油鸡、早红橘酪鸡、母油船鸭、苏州卤鸭、甫里鸭羹、饼子野鸭、松鼠鳜鱼、菊花青鱼、煮糟青鱼、莼菜汆塘片、白汁元菜、黄焖河鳗、鲃肺汤、清炒三虾、雪花蟹斗、响油鳝糊、荷花集锦炖、荷叶粉蒸鸡镶肉、烂糊、鸡油菜心、风蹄、豆沙酿枇杷、桂花鸡头米、碧螺虾仁、焖肉煎豆腐、带子盐水虾、鸡火燕窝、十番刺参、出骨刀鱼球、网包山鸡、腿筒炖南鸽、虾仁扣三丝、庙油汆竹荪、天下第一菜、虹桥赠珠、阳澄湖蟹、松花塘蕈、太湖莼菜、香糟鲥鱼、清蒸刀鱼、鲭鱼甩水、清汤鱼翅、千层鳜鱼、翡翠虾斗、刺毛鳝筒、三虾豆腐、栗子黄焖鸡、卷筒虾仁、砂锅三件子、蟹粉鱼肚、秃黄油、出骨大转弯、什锦暖锅、生熏白鱼、蜜蟹拥剑、明骨鸡粥、云林鹅、油泼童鸡、炸紫盖、冻鸡、熏鱼、金银蹄共六十九道。

上述菜肴不是一天形成的，均是经历史磨炼脱颖而出的地方风味名菜。这些苏帮名菜又经历代苏州大厨改进、提升，成为经典，受到百姓的喜爱。它们不仅是简单的菜肴，更是一种文化。烹饪掌勺看似是一项劳作，其实更是大厨们一生的修炼。大师们所制出的每道名馔都是一种艺术创作，在这些金光灿灿的名菜经典的后面，闪动的该是他们勤劳和智慧的光芒。

松鹤楼菜馆不仅是一家著名菜馆，更是苏州城市文化的一张名片，曾陪伴着一代又一代的苏州人成长。一些老苏州人将它视为亲人，对它怀有一种难舍的情结。他们曾在那里小酌闲聊过，或在那里举办过婚宴、寿宴、小孩百日宴等。

苏州松鹤楼菜馆史考

苏州松鹤楼菜馆坐落在苏州市中心，观前街中段。苏州著名道观玄妙观一带曾有“八景”之说，松鹤楼店内“蟹泉井”就是玄妙观“八景”之一，其井水长年清澈、甜润、久旱不干，据说松鹤楼名肴“酱方”“卤鸭”等就是用这井水烹制的，所以鲜美清香、甜润可口。

松鹤楼原本是观前街上一家小面店。乾隆四十五年（1780），苏州面业公所重建时有立碑记录，上面就列有“松鹤楼”，凭此可推断出该店的开设时间应早于1780年，迄今已有两百多年的历史，所以松鹤楼被誉为“乾隆始创，誉满全国”。

清代光绪十八年（1892）、二十五年（1899），“松鹤楼”均出现在修缮面业公所的碑刻上。光绪二十八年（1902），该店主人徐金源等同业人员集资在面业公所的基础上建立菜馆业公所，地址由观前宫巷、颜家巷口移至东美巷，这也是苏州菜馆业公所始建之年，公所碑文上又有“松鹤楼”字样。

据历史遗存及相关资料记录，松鹤楼在清同治、光绪年间乃是观前街上一家三开间的店而已。该店当时以供应苏式汤面为主，有阳春面及焖肉、爆鱼，卤鸭、冻鸡等多种浇头面。因进货严谨、选料精到、烹饪细致、火候恰当，该店出品的面为他店所莫及。随着营业额不断上升，松鹤楼逐渐扩大经营范围，经营起简餐饭菜来。最初推出的不过是各式面浇的菜肴，加上一些副料加工成各种中低档菜肴，有的因数量少、起售价低，称为“半价菜”，如焖肉豆腐、红烧鱼块、炒三鲜、小蹄髈、毛血汤等，物美价廉、风味别具，深受百姓的青睐，松鹤楼因此生意火红、声誉渐起。

宣统二年（1910），松鹤楼店主徐金源家业兴旺、财源不断，惜因长年劳累、积劳成疾而辞世，由其子徐培根继承业务，经营松鹤楼。徐培根先生从小生活在上海，一度追逐享乐，成年后又醉心名利，不善经营管理。他人在上海，不重视松鹤楼的业务，无从监管店里的经营班子，此后经营人员利用职权营私舞弊，松鹤楼的生意每况愈下，加上菜肴质量严重下降，致使松鹤楼亏损累累，一度举债营业，难以为继。徐培根自责失策，不久宣布松鹤楼破产待出盘，舆论哗然。

松鹤楼破产待出盘的消息传开后，苏州社会上不管业内、业外的觊觎者大有人在，他们竞相争夺这家百年老店、这块金字招牌，各使招数。其中有一位高人，乃当时苏州天和祥菜馆经理张文炳先生。他是已故老板徐金源的知己好友，熟悉内情，也深得徐家的认可，他与徐培根签订转让合同。双方商定：原松鹤楼出盘，出盘价格为八百块银圆，店招牌在保持所有权前提下出租给张文炳，年租金为六十石大米（当时大米每石六块银圆），十年为一期，期满后可复议续租。于是松鹤楼被盘在张文炳的名下。

张文炳入驻松鹤楼后即重整旗鼓，把松鹤楼改为“和记松鹤楼”。张文炳原籍江苏武进横林，世代业厨，手艺高超，曾被举荐到太仓司衙担任官厨。他烹技精湛、细心好学、视野宽阔，交友遍及苏、锡、常、宁多地，后移居苏城，并在苏成家立业。由他策划集资，合股开设的天和祥菜馆位于临顿路苹花桥畔，因其交识好友众多，天和祥菜馆成为苏州最大礼堂菜馆，专做婚宴及大型菜司酒席，生意兴隆。

张文炳接手松鹤楼后逐步整顿内部，调动人事，他既精于烹饪技艺，又善于经营，经验丰富，加之社交广阔，和记松鹤楼开张后生意日渐好转，服务对象逐步扩大到苏州各界上层人士，文艺界、医学界等社会名流纷至沓来。和记松鹤楼又恢复供应一些时令高档菜品，苏帮菜传统菜点也陆续上市，营业额直线上升，利润日积月累，愈加丰厚，不到三年，和记松鹤楼成为行业中的翘楚。

张文炳成为松鹤楼店主后，松鹤楼的经营管理、菜肴质量、接待服务都形成一定特色。店内分工有序，设有账房、堂部、面部等。各部门各司其职、互相配合、互相制约，难以滋弊。张文炳常说：“做生意最要紧就是取信于顾客，真正做到货真价实。”在服务方面，他总结出对顾客的十六字诀窍，即“一视同仁，注重礼貌，笑脸迎送，招待周到”。张文炳的座右铭是：“顾客是衣食父母，决不可以貌取人。”

松鹤楼在其经营过程中一直保持着一些良好的服务方式与传统，如当时流行的送菜上门服务——不论民居、旅社、钱庄、商铺，叫菜即可送达。不论菜价多少，不嫌麻烦，送钿不挣。另采用一种“放账”手段，即逢节结账，以争取更多的生意。对老客户，逢年过节还要送“节菜”以表谢意。凡官厅、富户的喜庆宴会，张文炳必亲自到场，有时还亲自烹制，以示郑重。店内“面部”保持传统，不忘初创时期的特色，保持苏式汤面的质量：坚持自制刀切面条；浇头用的鱼、鸭严格把关，有“三不进”原则，即不进鲤鱼、黑鱼和鹅（当时社会菜馆中流行用鲤鱼代替鲭鱼、用黑鱼代替鳜鱼、用鹅代替鸭）。在松鹤楼就餐另有一种“馋菜”：由服务人员烹制，在酒席结束前端上典雅的锡制碟子，中分五格，其中放上白糖和上乘自制酱菜，另备有稀粥，当顾客吃得满腹油腻时，看见这些爽口清淡的薄粥和酱菜，大有非尝一点不可的念头。这些馋菜不收费，但食客有时因服务上佳，会慷慨付出“小费”。

总之，在张文炳主持下，松鹤楼业务增多，信誉日增。张文炳又启用他的小舅子——名厨陈仲曾（小名叫阿八）为大厨，松鹤楼的菜点在他俩的掌控下不断“发扬光大”，在原有的炖、焖、煨、焐等基础上又加入炸、熘、爆、炒、焗、烧等多种技法。他们悉心研制出了上百种苏州四季应时花色菜点，讲究时令，突出菜肴本味，以清雅为特色。两人吸取苏州船菜、船点的技法，丰富品种，张文炳又运用自己任官厨时积累的多年厨艺，创制出一大批松鹤楼名菜、名点，松鹤楼一时名震四方。

民国十八年（1929），苏州观前街拓宽改造，和记松鹤楼经过十多年苦心经营，颇有盈余，遂翻修房屋，建起新的餐厅。新屋建成后，餐厅总面积约为六百多平方米，布局保持传统中式形式，楼上的餐厅被隔成了多间雅座房间。沿街一排雕花裙板玻璃长廊，“居高临下”，可观看观前街上的街景，别开生面。老店新开后，生意愈加兴旺，门市和喜庆宴席应接不暇。这时，张文炳聚集多位好友，出巨资将“松鹤楼”招牌盘于自己名下，将店名删去“和记”两字，使用“松鹤楼”作为店名。此时有股东提出要多卖高档菜，减少低档、大众菜肴，店主张文炳则坚决反对，他语重心长地说：“松鹤楼靠炒三鲜、小蹄髈起家的。普通生意占多数，仍应坚持薄利多销、诚信经营，保持信誉最重要。”由此不难看出，松鹤楼之所以久盛不衰，就是坚持诚信经营、薄利多销、质量第一持店思想的结果。

就在松鹤楼声誉四起时，年近古稀的张文炳病故苏寓，那是民国二十三年（1934）的事，随后松鹤楼由其子张之钧掌管，经理由张文炳学生陆桂馥协理接任。张之钧继承父亲衣钵，坚持“服务、菜肴、管理质量第一”的理念，并大胆起用一批常州同乡，在店内各个岗位上对他们委以重任，加以锻炼、培养。此法为以后松鹤楼的再度辉煌打下了深厚的基础，在张之钧的主持下，松鹤楼业务保持常态，经营情况不输当年。

松鹤楼发展的历史进程不是一帆风顺的，其中也受到各种各样的冲击，如政治风波、社会动荡、经济萧条等。抗战时期，苏州经济呈现虚假繁荣，加上饮食行业内竞争加剧，松鹤楼店内又有多起劳资纠纷，一时松鹤楼面临矛盾四起的困境。张之钧难以招架，只能艰苦度日，勉强维持生计。抗战胜利后，社会不稳定，商业经营走向不明，又受当时通货膨胀的影响，松鹤楼经营步履艰难，一度缩小经营范围、裁减人员。直至中华人民共和国成立初期，松鹤楼全体员工为了顾全大局，不愿放弃百年老店松鹤楼的金字招牌，自愿组织临时维持生产委员会，与松鹤楼共渡难关。1956年1月，松鹤楼公私合营，全体职工群策群力，迅速组织生产，恢复供应时令特色菜肴及大众面点，使这家百年老店逐步恢复了青春活力，在社会上又一次赢得信誉。但好景不长，“文革”时，松鹤楼菜馆改名“东方红饭店”，在批判“封资修”的高潮中，顾客被迫“自我服务”：在店中吃饭后要自己洗碗、洗筷，并被禁止出售“松鼠鳜鱼”等名菜。其后又因食物匮乏，店内只能供应“大众汤”、胡萝卜粉条白菜等简菜。1978年后，松鹤楼恢复了原名，名菜名点逐步得以恢复供应，著名婚宴菜司“四六四”也供应起来，受到消费者及广大市民欢迎。改革开放后，松鹤楼步入快速发展道路。

【附记】松鹤楼菜馆大事记

1. 清乾隆四十五年（1780），乾隆帝下江南来姑苏，曾便衣便帽在店中进膳品尝苏式菜点，赞赏不已。由此可推测松鹤楼为乾隆年间始创。（最初创始资料不详）

2. 清光绪十八年（1892），松鹤楼店主徐金源供应各色苏式汤面及“半价”菜肴，生意兴隆。（店主徐金源）

3. 宣统二年（1910），松鹤楼原老板徐金源病故，其子徐培根接手经营，后因经营不善，出盘给张文炳，改为“和记松鹤楼”。（店主

徐培根）

4. 民国十八年（1929），观前街拓宽路面，和记松鹤楼翻建新屋，总面积为六百多平方米。张文炳等人出巨资将“松鹤楼”招牌盘于门下。（店主张文炳）

5. 民国二十三年（1934），店主张文炳年老病故，由其子张之钧接手，并启用一批家乡新人。（店主张之钧）

6. 中华人民共和国成立初期，松鹤楼由全体员工组织成维持生产委员会共渡难关。（店主任张永祥）

7. 1956年，松鹤楼菜馆“公私合营”，被编入国营企业。（店主任张雪康）

8. 1959年初，松鹤楼三号服务员孙荣泉赴北京参加全国群英会，受到党和国家领导人接见。（店主任周泉金）

9. 二十世纪六十年代，由松鹤楼菜馆事迹改编的电影《满意不满意》在全国上映，反响热烈，影响深远。（店主任葛维才）

10. “文革”期间，松鹤楼改名为“东方红饭店”，并被责令不许出售“松鼠鳜鱼”等名菜名点。（店主张祖根）

11. 二十世纪七十年代，松鹤楼恢复店名及名菜、名点供应，并又一次翻新建楼，总面积达四千多平方米，共十二个餐厅，并开始接待外宾及提供婚宴服务。（店主任张全根）

12. 二十世纪八十年代，北京与苏州联营的苏州松鹤楼在北京台基厂大街开业，供应正宗苏帮菜，该店在开业当年就被评为北京市先进单位。（店经理闻银龙）

13. 二十世纪八十年代初，松鹤楼著名大厨刘学家参加在北京举办的全国烹饪名师技术表演鉴定大会，在人民大会堂表演“松鼠鳜鱼”“早红橘络鸡”“虹桥赠珠”等名菜的制作，并荣获全国“优秀厨师”称号。（店经理华永根）

14. 二十世纪八十年代后期至九十年代，松鹤楼开始实行承包经营管理模式，先后由周伟、陆苏平、李俊生等人承包经营。（店经理周伟、陆苏平、李俊生）

15. 2002年，松鹤楼改制，由国营企业改制成私人股份合作制企业，归属“广大集团”，并以此为龙头把国有企业市属饮食服务公司改制为股份合作制企业，归并在其名下。

松鹤楼菜馆不仅是一家著名菜馆，更是苏州城市文化的一张名片，曾陪伴着一代一代的苏州人成长。一些老苏州人将它视为亲人，对它怀有一种难舍的情结。他们曾在那里小酌闲聊过，或在那里举办过婚宴、寿宴、小孩百日宴等。一个城市中总有那么一家店，不管你走到哪里，总让你“梦牵魂绕”，松鹤楼就是其中的一家。

笔者在二十世纪七十年代初进松鹤楼，在那里工作多年，八十年代初也成了松鹤楼的“掌门人”，对该店一直有一种亲切之感。在当年工作期间，与许多从民国时期走来的“老厨师”“老堂倌”“老账房”等相处过，在与他们的闲谈中，得知了一些琐碎的、有关松鹤楼的旧闻轶事，笔者将这些口述旧事逐一与碑文记载及文档记录对照，写出这些文字，聊以寄托情感，但难免有这样那样的遗漏、错处。本文旨在道出一些百年老店经久不衰的道道，想给人一些启示、帮助。不然，就当做些记录而已。

云林先生真是一位把平常的食物变成佳肴的艺术大师，他在烹饪上的造诣不逊于他的绘画、诗词。他在锅中作画，菜在他的手中变成了诗。

六百年前的吴地菜点

六百年前的吴地菜点是啥样的，一时还真难说清楚。不过在历史上的饮食典籍中还能找到一些信息。《云林堂饮食制度集》即是这样一本书，作者为元末著名书画大家倪瓒。

倪瓒，字元镇，号云林先生，与吴镇、黄公望、王蒙被称为“元代书画四大家”，又被联合国教科文组织认定为世界文化名人，其事迹被编入英国《大不列颠百科全书》，云林先生在书画界的重要地位不必多说，他同时又是一位伟大的诗人，诗篇流传甚广，被人传颂。他还是位设计师，姑苏城内著名古典园林狮子林就是按云林先生的设计而建的。鲜为人知的是他还是位美食家，所著《云林堂饮食制度集》一书在中国的饮食史上留下了辉煌的篇章。

云林先生生于无锡梅里祇陀村。因梅里在周代被称为勾吴之地，他又被称作“勾吴倪瓒”。倪瓒生于大富人家，天资聪慧，好学多才，但他性格孤傲清逸，终生不入仕途。倪瓒追求风雅，洁身自爱，向往士大夫淡泊高雅的生活。最让人想不到的是他后来散尽家产，浪迹江湖，意存云水。他所著《云林堂饮食制度集》反映了他对美食的追求及对食物的认知，寄托了他自己独有的审美和生活情趣，同时也反映了元代吴地的饮食风貌。书中虽仅记载几十种菜点，字里行间却充满着吴地的文人气息、生活情趣、大家手法，给后代留下了极其宝贵的吴地饮食资料，在烹饪史上有着巨大的影响。

一、重功、重料的做法

《云林堂饮食制度集》中并无烹饪理论，只有实实在在的操作过程和方法。纵观全书的菜品，真是叫人欢呼雀跃、拍案叫绝。最让人惊叹的是诸多菜肴制作中所用调料、副料多达几十种，这在其他的古籍菜谱中难以找到，如在书中呈现的调料，除油、盐、酱、醋外，还有花椒、蜂蜜、香糟、纯酒、紫苏、橘皮丝、杏仁酱、老葱、橙齑，另有香菜、糯米、山药、笋、杏仁、芝麻等都被用在菜肴之中。在菜品烧制中，多次用到花椒、蜂蜜，有的还用到麝香等，可见云林先生在制作菜肴时有自己的见解、情趣，且他的见解与历代美食家不同，是一种与他的诗画浑然一体的高清致远。从书中可以看出他对美食的完美追求，结合他的性情，足见其孤傲。书中肴馔自然清丽，在调味运用上就可见一斑：一款不起眼的姜，在他笔下就有糟姜、姜泥、姜汁、姜片、姜块（剥去外衣）、姜丝、姜水（滤清）等多种形式，用于不同菜肴中。有的变着用，有的串着用。云林先生在书中曾记录制作盐饼的全过程，让人印象深刻的有“白盐饼子”：将盐在水中化开，煮盐水，再将盐炒干，用少许芝麻和在盐中，做成饼状。如此，饼内镶着芝麻，可想而知是何等美味。从中也不难看出，当时吴地菜品重功、重料。现在有些厨师怕麻烦，减少调料，多用添加剂、调味料，急功近利，图省力，使得菜品质量下降。真建议大家认真读一读此书，看看古代大师用料的讲究，真是一丝不苟。

二、淡雅清丽的吃法

任何一道菜，味道总是放在首位的。有时同一食材也能变换吃法，味道亦大不相同。云林先生就是将菜肴变着吃的艺术大师。在此书中，仅吃蟹就有三种不同吃法：1. 煮蟹法。蟹与生姜、紫苏、盐同煮，凡是煮蟹，现煮现吃为佳，吃时蘸醋等佐料。2. 酒煮蟹法。将蟹洗净斩块，放老姜、花椒、纯酒、少许盐，在锅中用浓汤炖熟。此吃法不用蘸醋。煮蟹法与酒煮蟹法虽只一字之差，差别却很大：一种煮熟整只剥着蘸醋吃；一种斩成块在高汤中煮熟，不用佐料，强调蟹的本味。3. 新法蟹。把蟹劈开，留下壳和蟹黄，蟹身、蟹脚切成块状，用生蜂蜜腌上一段时间，再用少量葱、椒、酒拌一下，放进鸡汤里涮熟，取出蟹油、蟹黄蒸熟放入汤中，用糟姜片、原汁清汤供食。这种食法类似于现今的“涮着吃”，与之前吃法的确不同。运用三种不同的方法所制的蟹肴均可谓美味，令人垂涎。另有一款鲫鱼肚儿羹，十分吸引人：鲜活小鲫鱼洗净去肠后，将鱼腹部的两片肥肉切下，并相互连着做成蝴蝶块，用葱、椒、盐、酒腌一下，另用鱼头、鱼背肉熬成汤汁，将鱼腹腴片在鱼汤中焯一下，镊出鱼刺，用花椒或胡椒与酱水调和，把前面所制鱼汤提清，放入蔬菜或加入笋片一同食用，可想而知此鱼汤定会鲜美无比。该菜肴取用鲫鱼身上最肥嫩部位，用料如此讲究，反映出作者的精细讲究，对美食有着独特的审美观及口味要求。菜肴如此精巧，烹饪之奥妙，让人难以忘怀。

三、变化多端的烧法

云林先生所著书中直接用“法”字定义的菜点多达十五种，每种都有详述解释，告诉读者具体操作要领，实用性很强。其中有一款“黄雀馒头法”让人称奇，这款菜品相信大多数人也从未吃到过。把黄雀的脑子以及翅膀，加上老葱、花椒、盐一同斩碎，填入黄雀腹中，然后用面粉把它包裹起来，做成平团状，上蒸笼蒸熟即可食用。另有一法为“糟一糟”，在香油中炸一炸，风味尤其美妙。除这些奇特烧制法外，云林先生更多地记录了制酱油法、醋笋法、糟姜法、烧萝卜法等极其家常化的制法，这些制法多来源于民间，又在云林先生手中升华为经典。

云林先生对不同食材有不同制法，亦有一种食材多种吃法。有的生吃、有的熟吃，熟吃中又有蒸食、油炸、冷吃等，其中让人惊叹不已的是一款名为“香螺先生”的菜肴：香螺去壳，只用螺肉，洗净批成薄片，放在鸡汤中稍微汆一下就可以食用了。另一款与此较接近的“田螺食法”：用大田螺，取其头部肉，将螺头用砂糖搅拌，腌一顿饭光景，将螺头肉切成薄片，用老葱、胡椒、酒腌一会儿，放入鸡汤中汆熟供食；或者将螺头肉用盐、酒加入莳萝浸渍三到五天，然后用清醋供食（生螺头肉），但夏天不能这样吃。上述多种做法反映出云林先生对食材和生活的深刻理解，最大限度地发挥食材的美味，也可以从中看出吴地在元代时烹制食物的精细程度。

四、出神入化的刀法

《云林堂饮食制度集》一书记录菜肴制作的精彩之处较多，特别在烹调手法上变换多端，在调料运用上精细灵活，讲究菜肴的美观度和层次，以彰显吴人制菜之精细。在正常刀法——条、丝、块、丁之外，对形态变化及美观的追求已达到让人叹为观止的程度，具有代表性的菜品形态有以下几种：

1. 荔枝花纹："爦肉羹"中要把猪里肌肉切成一寸长小块，面上剞成荔枝形花纹，腌渍后入滚汤中略氽取出，可在汤中加入山药，同荔枝一起食用。

2. 柳叶片："川猪头"中着重写道，猪头熟后冷却切成柳叶片，与肉片、葱丝、韭菜丝、笋丝、茭白丝混合，用花椒、芝麻、杏仁、盐拌匀蒸之，用"手饼"卷着吃。

3. 蝴蝶片：鲫腹部切成两片相连肥肉，在鱼汤中加蔬菜、笋片同食。

4. 梨皮卷："香螺先生"中写道，用小刀将螺肉像削梨皮一样削成一圈圈薄片入鸡汤，氽一下食用。

5. 象眼块："蟹鳖"一款中，将剔出的蟹肉铺在粉皮上，把打好的蛋液浇在蟹肉上，在蛋糊上面铺上蟹油、蟹黄，上笼蒸之，切成象眼块，还用蟹壳熬汁加入调料浇在象眼块上，另用菠菜铺底。通过这些文字，可以想象这道菜肴色、香、味、形之佳，风味之独特，定是不可多得的美肴。

这些菜肴在处理过程出现荔枝形、柳叶片、蝴蝶片、梨皮卷、象眼块等形态，程序复杂、要求极高，而且烹饪工序环环相连，出品菜肴意境高远、味美悠长，说明当时吴地菜肴已达到精细、精美、精致的程度。

五、高超脱俗的手法

此书最为人所传颂的菜品非“烧鹅”莫属，此菜后被清代袁枚收录在《随园食单》中，冠以“云林鹅”之名，一直传承至今，成为餐饮史上的经典之作。云林鹅的烹调极为讲究，以盐、椒、葱、酒擦鹅腹内，外用酒、蜜涂之，然后将鹅放入锅中，用竹棒架起，锅中放一盏水、一盏酒，盖上锅盖，用湿纸将锅盖缝隙封好，湿纸如果干了就用水将它润湿。用一个大草把烧锅，草把烧尽，再烧一个，停火一顿饭时间，打开锅将鹅翻个身，如前面烧法，再烧一遍，充分利用草把热量。此法像蒸，又像高温烤，由于鹅架在竹棒上，不必担心它会烤焦，连蒸带烤，又焖又烘，综合火功。如此出品的云林鹅，色泽亮艳，异香扑鼻，鹅肉鲜嫩油润，原汁原味。

另有一款驰名中外的“蜜酿蝤蛑”也很有特色，为苏帮菜经典菜肴。“雪花蟹斗”就是在其基础上发展而来的。蝤蛑即梭子蟹，其制法是将蟹用盐水煮一煮，变色就捞出，将大螯及脚中的肉取出，股肉斩成小块，再将这些东西敷在蟹壳中，将蜂蜜加入蛋中搅匀，将蛋糊浇在蟹壳所盛蟹肉上，再把肥脂铺在蛋糊上，上笼蒸之，蛋糊凝固即可食用，可以配橙齑醋以供蘸食。此菜制作精良，有亮丽的外衣、鲜洁的口感，真感于云林先生高远构思、散朗情趣，才能有如此高雅而令人难忘的佳肴美味。

书中所展示的菜点不必一一道来，加以评说，但每道菜点、饮品，无不制作精良、外形美观、色泽鲜艳、口味淡雅。从书中内容可看出辛辣怪味菜肴少之又少，仅有一款用到了清辣汁，牛羊肉菜肴则一款都没有，有三分之一的菜肴属于水产类，如蟹、蛤蜊、青虾、江瑶、鲻鱼、鲤鱼等，这与吴地水产资源丰富，集江、海、湖水产之精华是有很大关系的，正体现了吴地的饮食特色。再从书中所描写的菜肴看，有近十道菜肴使用蜂蜜、糖，菜品无疑带有甜味。如"熟灌藕"：用绝好真粉，入蜜及麝少许灌入藕中，用油纸包扎煮，切片热吃。此菜与当前我们常见的桂花糖藕如出一辙，具有典型的吴地特色，以味甜香糯著称。书中另提到的烧鹅、烧猪头、新法蟹、蜜酿蝤蛑等在其调料中均可见糖和蜜，可见吴地菜肴中一些菜品偏甜的历史由来已久。

云林先生说"鲻鱼"，火候烧到家，使鱼产生"自来芡"，要求吃菜清鲜少腻头，吃得清爽舒适。这与当下苏州人的吃食要求完全一致。另一款菜用海蜇制成，称"海蜇羹"，有着奇特的讲究，要用嫩鸡脯肉加上海蜇，放入用新鲜对虾的虾头熬成的清汤中，又放入对虾、鸡脆、决明子等和入海蜇汤中，成品真是汤鲜物美。

云林先生在制茶烹茗等饮品上也是一位高手，书中记橘花茶、莲花茶、煎前茶法及香橼煎、郑公酒等，均制作精良，有些制法实为罕见。如莲花茶一款，有着不可思议的美感：太阳刚出，选好微开荷花，将茶叶放入，用麻丝将荷花扎好，经一夜，第二天清晨将荷花摘下，取出茶叶，用纸包晒干，像这样连做三次。饮时芳香浓郁、清新雅致。此法体现出元代文人雅士的生活情趣和他们天人合一的思维，可以看出他们对美食有极高的追求——用自己的智慧情操巧妙从自然界获取美味，提炼出追求美食的品行，领悟生活中的情趣。云林先生真是一位把平常的食物变成佳肴的艺术大师，他在烹饪上的造诣不逊于他的绘画、诗词。他在锅中作画，菜在他的手中变成了诗。

纵观倪瓒所著的《云林堂饮食制度集》，反映了元代吴地菜点的状况及当时文人墨客对菜点的追求及爱好，从此书中，我们可以分析出六百多年前吴地菜点的做法、吃法，此书也从一个侧面显示出当时吴地菜点精细、清鲜、淡雅的文人菜风格及情怀。